劉子新

# 白腳底黑貓

# 目次

# 白腳底黑貓

# 純真而深刻的詰問：讀劉子新《白腳底黑貓》

朱宥勳

說起來，我覺得有點對不起劉子新。二〇二四年，台積電青年文學獎公布的時候，我很興奮地發現有位得獎者，史無前例地橫掃了小說、新詩、散文三個獎項。基於我個人對這個獎項的關注和情感，我立刻在網路上分享這個發現，並且以通俗暴力的「怪物級新人」來形容。如果我沒有搞錯的話，我應該是第一個公開點出此一事實、拋出此一標籤的人。等到這些說法在社群上發酵，甚至成為新聞標題時，我忽然有點不安。

——這位劉子新，會喜歡被這樣「定位」嗎？

沒有在創作的人可能很難想像，有些人並不喜歡被稱呼為「天才」；因為這可能抹煞了創作者鍾鍊技藝、精進思考的努力。劉子新怎麼想的，到落筆這一刻，我都不知道。但是，我知道他確實是非常早就在文學創作之路努力的人。早在二〇二四年轟動社群之前，他已有豐富的投稿經歷。在高中三年期間，他年年獵獲不同的文學獎，並不是「橫空出世」。以常情推斷，一個人的「得獎率」不太可能是百分之百（如果是的話，也只能說，好吧，真的就是天才），這意味著他實際上「完稿」的數量，很可能是遠遠超過同儕寫作者的。

所以，「怪物級新人」的才華雖然無須懷疑，卻也不能忽略極為傳統的因素：練習是不會騙人的。橫掃的祕訣無他，就是基本功好到不行，如此而已。

閱讀這本《白腳底黑貓》書稿，我更是確信劉子新超齡的成熟度，確實其來有自。整體而言，劉子新並不是非常戲劇化的那種小說創作者。他的小說並不以情節繁複、扭轉煽情見長，也沒有現在流行的「向類型小說取經」的傾向，更像是思慮精純的「純文學」一路。他喜歡思考，喜歡用文字指出「事物表象之下，總有別的樣子」，某些地方甚至讓人想到邱妙津或張亦絢。或者，扯得遠一點——也許他也像當代版的龍瑛宗或翁鬧。不過，比起十多年前還是文壇主流的那種「純文學」，劉子新文勝在氣韻清新，沒有刻意造作、語言拗折晦澀的毛病。他非常「文青」，但是非常真誠，有什麼說什麼。非但不假掰、沒有為了炫耀而硬造的文字，更讓人覺得他仍留有餘地，還有可說而未說的，這就讓他的小說不致有過度緊繃之感。

在劉子新的小說裡，我們時時可以看到他抓取簡單細節，並以自己的洞察來改造的能力。比如〈三月的潮與熱〉這樣說：「我一直很擔心一道浪掀起來再落下之後沒有人記得他，我想浪是海的逆鱗吧？因為海要藏起脆弱的波濤，要撫平怪異的隆起。所以浪花才一直死掉的。」或者〈五分灰藍色的〉寫落葉：「我無緣無故的想，這些葉子經過多久的脫落呢？落下來的前一刻又是不是早就只是夾雜在其他枝葉之間？」這些場景都沒什麼特別的，但劉子新每每總能「無緣無故的想」，拉出某種哲思的詰問。這些詰問，在我看來非常「青春」——再幼稚一點，就要變成無病呻吟了；再老成一點，就要有學院的酸腐氣味了。劉子新恰恰在中間，提出了純真的問題：世界真的只是我們眼中看到的樣子嗎？會不會有更多意義的可能性，在我們日復一日的痲木裡丟失了？

彷彿有喻意，又不是積木那樣一對一的「工整對應」，這是劉子新的小說最迷人之處。而他的構思與文字又能讓我們看到，他的思索和隱喻並非憑空而發，背後隱隱有著深厚的文學底蘊，甚至有著與文學前輩對話的企圖。〈五分灰藍色的〉裡面，敘事者面對他人的傷痛，感到進退不得、無能為力，這種視角，頗有瑞蒙．卡佛或艾莉絲．孟若之風——如果不是其他北美作家的話。〈工讀生〉的情節設計，則幾乎是卡夫卡〈變形記〉與黃春明〈兒子的大玩偶〉的混合體。作為書名，十分精彩的單篇〈白腳底黑貓〉，則彷彿有近年風靡年輕創作者的張嘉真的影子。當然，上述的追跡近於隔空抓藥，形似未必就有精神繼承，我也沒辦法確定他到底有沒有讀過這些作家。（我也一直在猜〈白馬〉有沒有受到七等生〈白馬〉的影響——有的話也太離譜了吧，他怎麼讀的到這裡來？說是受童偉格影響都還「合理」一些。）但是，不管是「剛好一樣」還是「有對話意圖」，這種種相類之處，都讓我暗暗心驚：這人是怎麼回事，可以聲音清亮，但唱出的都是深沉的歌詞？

如果要鎖定單篇來討論，我會認為〈白腳底黑貓〉、〈白馬〉和〈瑪莉〉三個單篇，是最值得關注的「樣本」。〈白腳底黑貓〉是「很台積電」的故事，從青少年的困境出發，又能碰觸到一定程度的社會議題。比較特出的，是劉子新以「養貓」這個被高中生寫到濫的題目出發（我猜，台灣一年至少會有三百篇關於貓的小說，大部分都是失敗的作品），卻能延伸出身體、生育、性別乃至於家庭的思索，思路的走向異常華麗。養育不起的貓，同時也是不被養育的自己；被拋棄者的悲傷，是沒辦法不拋棄比自己更弱小的存在，內在結構極為精巧。

〈白馬〉則是我閱讀本書書稿時，讓我驚覺劉子新「還能更上層樓」的作品。說來失禮，我自己也經歷過劉子新的階段，在這種時期，那幾篇得獎作往往就是最好的作品了，其他篇章水準參差不齊是很正常的。不料〈白馬〉硬是殺出重圍。故事從一個已經罕有人知的傳說開始，連結到「小鎮畸人」的現代文學經典主題。那瘋癲又能使人不離婚的堂哥，彷彿就是破敗鄉村裡的「白馬」。然而，劉子新又發出靈魂拷問了：這樣的白馬，真的如傳說一樣，帶來的是幸福嗎？堂哥的瘋言瘋語簡直就是神諭：「哪有什麼幸福？不是都要走到這裡來。」直白、不扭捏，卻又有深邃的探問力道，這正是典型的劉子新風格。

有讀者可能要抱怨了：你說劉子新像這個像那個、東一個文學史脈絡西一個對話對象，這難道是在拐著彎說劉子新沒有自己的聲音？這還真不是。本書最有分量的篇章之一，描寫「追星」的〈瑪莉〉一篇，就題材和角色關係而言，恐怕真是少有前人可以比擬的全新路線了。寫追星的文章不是沒有，把追星人的疲憊、尷尬與不忍寫得如此綿長的，〈瑪莉〉確實絕無僅有。從討論CP這麼「敏感」的話題出發，〈瑪莉〉寫了一個白目到毫無敏感度的中國追星大媽，以及他帶給台灣追星少女的困擾。在令人崩潰的絮叨橋段裡，我們會一同經歷這個時代獨有的冷漠與同理。中國大媽最後的質問很有力：「你這個小孩為什麼看不起我？」大媽都知道，知道自己被看不起、恐怕也知道自己對偶像的心思，通通都是胡說八道；但他又不能「那麼知道」，因為不這樣假裝，如此虛無扁平的生命，就連最後的出口都沒有了。最冷徹的，並不是中國大媽的內在掙扎，也包含敘事者的無能為力：我知道你知道而假裝不知道，並且我假裝不知道我的知道。網路的聯繫既如絲線薄弱，也如蛛網綿密，這種微妙而歪斜的靈魂共振，毫無疑問是非常當代的產物。

最後，請容我暫時離開文本，我想好好恭喜劉子新這麼迅速就出版了第一本書《白腳底黑貓》。不，不是因為這位作者年紀輕輕就出道——文學史上年輕就出頭的作者不少，就算比較晚出道的作者，也通通都年輕過——，而是因為他的深厚努力，讓他可以直接躍過一道困擾他人的關卡。我年輕時也得過台積電青年文學獎，我和朋友之間私下有個說法，認為這個文學獎是一個「看似祝福的詛咒」：因為榮銜太大、注目太高，許多年輕創作者扛不住它帶來的壓力，反而提早結束了創作生命，特別是還沒寫過幾篇文章，就暴得大名的那種。然而，劉子新以這本新書證明了，他早已不是「揠苗助長」故事裡的「苗」了。只要枝幹夠粗壯，拉拔就會是祝福而非詛咒。

恭喜你，也期待你之後的作品。不管你未來會變得老成，還是保持純真，我都會期待你透過小說，對這個世界問出的下一個問題。

本文作者

**朱宥勳** 一九八八年生。畢業於清華大學人文社會學系、清華大學台灣文學研究所，專長為現代小說、文學批評。作品有短篇小說《誤遞》、《堊觀》、《以下證言將被全面否認》，長篇小說《暗影》、《湖上的鴨子都到哪裡去了》。

# 世界很吵，於是「我」戴上耳機：讀《白腳底黑貓》

李欣倫

可是明明可以選擇閉上眼睛、戴上耳機，那麼為什麼要去面對呢……就算有一天總要揭開傷疤，那也不是今天。

這段文字摘錄自劉子新獲得二〇二四台積電青年文學獎散文組首獎的作品〈天鵝踩破湖水〉，文中描述「我」和爸媽一起去爬山，「我」試圖在收訊極差的山中，想方設法收看偶像直播，卻始終無法順利連線，「我」只好塞上耳機，聆聽偶像歌聲的同時，幾件事纏繞於心：偶像團體宣布解散、對考試的厭煩及未來的徬徨；揣度為何父親如此熱衷登山，最終，「我」從螢幕中踩破一汪綠池的天鵝姿態，思索著看似陷溺的危機，也可能是向上騰躍的契機。

當時在決審會議上，我們幾位評審對作者不刻意經營的自然流暢文風；散文中顯露的早慧及高度思辨性給予諸多肯定。

之後，我在「台積電文學獎選手與裁判座談會」上，初見劉子新，當時也才知道，她不但獲得當年散文首獎，也以〈白腳底黑貓〉榮獲台積電青年文學獎小說首獎。

〈天鵝踩破湖水〉中的幾個元素——對未來的徬徨、對偶像團體的觀察、「戴上耳機」所象徵的封閉性——在《白腳底黑貓》中有更全面的發揮。耳機，是個與世隔絕的巧妙裝置，我們隨時可從喧囂的環境中逃逸，將自心安放於自己構築的音雲中。因此乍看之下「戴上耳機」是拒絕與外環境溝通，但同時又創造了一個小宇宙：「我」立即沉浸在選定的音流中，看起來姿態內縮，其實折射出「我」所身處的世界是如何製造出高分貝噪音。

在雜亂的音雲中，有些人不想聽，更不在乎他人說什麼，只是一股腦地發洩傾訴慾。〈瑪莉〉就指出了這樣的現象，敘事者「我」不太表露心跡，自認存在感低，總在網路社群中潛水，對這樣的I型人來說，偶像A是「我」生活裡的唯一重心：「只要我需要，他隨時都能出現在我的耳機、手機與電腦中，他有很多連續劇足夠陪我吃飯。」某天，同為A粉絲的瑪莉突然闖入了「我」的生活，這位中年女性自認很像A、很了解A，不斷瘋狂傳訊給「我」表達觀點，用文字不夠，非得錄製一個又一個音檔，強迫「我」收聽她對於A的評價，甚至是自己的戀愛故事，試圖將滿腔傾訴慾灌入他人耳膜，令「我」困擾和厭煩。

「我」多次想封鎖自信滿滿、說話直接的瑪莉，又禁不住好奇心驅使，繼續淡淡地維繫這樣的關係，不過當瑪麗問：「你覺得這一秒的A在想什麼呢？」，「我」反思自己與偶像的距離：「近到那一秒我好像能窺探他藏在頭顱的骨骼與血肉閃動的思考電波，遠得好像從前我看見的一直都不是一個完整的『人』，只是一副會跳舞、笑容滿面的人類皮囊。」這段描述詮釋了「我」與偶像的關係：近到渴望深入腦波，融為一體，但又可以遠到抽離「人型」，從「皮囊」窺之。

更進一步，劉子新認為在舞台上、電視裡、手機中的偶像，如同被螢幕反覆切割後的鑽石，「映照在我們眼裡的新的鑽石會折射與本人有些相似卻不完全一樣的光芒。」被媒體、影音塑造出來的發光偶像，與血肉之軀的「人」之間，確實是有段距離的，而文學，正是善於營造出後設的審視距離。當觀看距離出現，即能有效平衡陷溺、盲目的愛戀。因此，這篇小說巧妙藉由自顧自說大話的瑪莉，讓「我」思索偶像究竟為何物，也重新丈量「我」和自己、他人的距離。

〈短尾鳥〉同樣描述了被迫收音的情況：室友拉拉不顧旁人，在宿舍寢室與戀人大聲講電話，「我」被迫「旁聽」這對伴侶分分合合的故事，但也從中揣想兩人對「愛」的定義，思索「愛」的本質，終究「我」從領悟到「大抵只是心有個空洞，於是嘗試拿聲音、話語和菸填滿，奈何那些好像都是同樣空的東西。」由此延伸思考，便可理解為何人們持續製造聲音、生產話語，終究是用來填補黑洞般的心。

在充滿雜訊的聲音之海中，有些看來偏離常軌的發言，卻成為小說家珍視的素材。〈白馬〉描寫「我」的一位瘋掉了的堂哥最愛過年，熱衷於參加喜宴，某日，堂哥帶「我」隨意闖入不認識的村人喜宴，他人對堂哥的指指點點令「我」羞赧，但最終兩人走在通往火葬場的大道上，堂哥卻道出了真理般的預言，暗示了瘋人之語常成為警世語錄，也反諷了日常生活中浮言片語的虛假性。

為了抵抗俗世話語的粗糙與模糊，敘事者「我」喜愛追根究柢詞語的精確性，於是〈五六〉中的「我」遂從有線、無線耳機的差別，細究對方喜歡的究竟是「無線」還是「耳機」；窮究「他」愛的究竟是「小眾」還是「樂團」，種種問題不僅指向了「我」「每次都想要追根究柢的去問」，其實也在於以「不疑處有疑」的態度，破壞這理所當然的世界與視界。因此，小說中一隻耳朵聽音樂而另一隻耳朵被蚊子嗡嗡聲干擾，也是對於「世界太吵，耳朵好忙」的巧妙詮釋。眾人的嘴巴拚命開闔，劉子新認為此乃「抑制後天造成的寂寞的唯一解方。」

至於當朋友滔滔傾訴痛楚，又該如何回應？〈五分灰藍色的〉中的敘事者

「我」「期許自己接住其他人的情緒，會在對方還在傾訴的時候，就在想自己究竟要怎麼回應。」但當好友傾訴母親車禍，「我」不知道該如何應對，只能說出不合時宜、後悔莫及的話。小說也描述了好友母親羞辱式的暴力語言，宣洩話語竟也從好友的訊息中流淌而出，暗示著女兒終究承繼母親的表述習性。

正因世界充滿（我不想聽、或我不知該如何回應的）聲音，於是「我」戴上耳機。這個動作充滿了象徵意涵：隔絕外境，自我保護，內縮世界。即使主人公沒有戴上耳機，這個動作折射出的內心狀態幾乎出現在每篇小說中。〈工讀生〉描述在牧場打工、被老闆要求穿上黑熊裝的工讀生，卻脫不下動物裝束，身體變成黑熊，儘管他／牠不斷透過蔬果排列「人」字求救，但其心聲終究無法傳達出去。不僅如此，黑熊變形記也象徵著年輕世代的矛盾：不喜歡這份工作，卻得委屈自己以賺取零用金，然而一旦變成獸類，他／牠竟在夢中懷念著曾經討厭的打冰淇淋工作。

同樣困在自己身體和狹小空間裡的，還有〈白腳底黑貓〉中那對失學又失業的姊妹，在街頭撿回來的黑貓，給予「我」家人般的溫暖，但生活拮据的她們無法讓貓咪結紮，也無法提供品質較好的飼料，最終只能將黑貓放回街頭，象徵不祥的白腳底黑貓，正是姐妹倆難堪處境的寫照。小說最末也收束在聲音敘事：隱隱約約的黑貓悲鳴，以及夜風摩擦生鏽門軸的聲音，種種聲線勾勒出的是生活在底層的邊緣女孩們的無聲處境。

讀完《白腳底黑貓》，再來看〈天鵝踩破湖水〉中的這句話，似乎也能串起整本小說的核心：「可是明明可以選擇閉上眼睛、戴上耳機，那麼為什麼要去面對呢……就算有一天總要揭開傷疤，那也不是今天。」閉上眼睛、戴上耳機的內縮式傾向，所要抵抗的是海量的訊息以及太吵的世界，面對過於喧囂的環繞音場，以及語言粗糙的表象，劉子新點出了年輕世代的內在焦慮與麻木，雙向溝通成了單向（且不乏暴力性質的）傾訴，每篇小說中的「我」總被迫聆聽，也不知該如何回應外界。

於是，當世界很吵，每一個「我」戴上耳機，任由自己在「我」所創造出來的音雲中滑翔、漂流。

**本文作者**

**李欣倫** 中央大學中國文學系副教授，著有論著《苦難敘事與身體隱喻：從身體感知的角度閱讀當代女作家作品》，散文則有《藥罐子》、《此身》、《以我為器》及《原來你什麼都不想要》等。

# 三月的潮與熱

我所知道最安全的翹課方式，就是直接從校門口走出去。

這是以前請假得出的結論。最好還能手上拿一張廢紙，假裝是剛簽好來不及收到書包裡的假單，再從容的對警衛伯伯揮手，就可以順利離開。

其實這仍然有些大費周章，好像在腦海裡想過後果、規避部分責任就有點不夠「青春」，不過我實在很難擺脫這樣的本能。

我不想帶著書包離開，就在學校對面的公園等喬，想問他怎麼辦，他倒是翹課的慣犯了，他騎著腳踏車來時就說書包可以放在公廁的掃具間。

「喬，那很髒……」

喬卻聳肩，自顧自的把我的書包拿去放。他自己沒有帶書包出來。

他說他翹掉了下午的複習考，說完便開始抓爬到他腿上的螞蟻，那種螞蟻捏死會很臭。平日下午的公園空蕩蕩的，畢竟這裡只剩下上午人類經濟生產過後的髒空氣，喬說他不願意載我，所以讓我自己去借 YouBike。

不過我不太會在路上騎單車，從路邊竄出來的機車有點可怕。喬問我想去哪兒，我說不知道，但其實我想去海邊。我想過好多次，要直直離開教室，從早上仍然安靜的夜市街區揚長而去，要去海邊，要看海，可是從來沒有付諸行動過。

公園大樹的綠葉在陽光中掉下來，在地上撒出一片陰影，陰影和葉重疊，風又驅趕落葉離開。流水線過程。

今天在手機上和喬說了，那時我正在打掃，外掃區掃的垃圾與落葉像是會自己無性繁殖一般，很讓人厭煩，於是掏出手機和喬說。一起打掃的同學在即將改名的中正堂的石板前，念著「世界偉人、人類救星」嘻笑。

我一如既往的很想離開。

喬便讓我出來，只要出來了那便好了。我有時候會覺得在上課時間離開學校，世界會變得怪怪的。好像還沒準備好要讓我來，就像楚門的世界裡，偶爾會露出破綻的模樣。

其實也可能只是我太少去看，從某種程度上也被蒙在鼓裡。我又和喬說想去看海。

「那你剛才為什麼不說？」喬問。

「因為我想我們還有很多時間。」這句話其實有點煩人。

不過我是在享受說的瞬間的。我們還有很多時間，還有很多選擇的權利，還有年輕。就算其實並沒有那麼自由。喬也許覺得我很古怪，並且故意在找他麻煩。

喬讓我跟著他。我並沒有什麼地理概念，我不知道哪條街會通往哪裡，我只知道這家店在這條路上，可是若他們要交雜，要相互連結我便就分不清了，也不太會過十字路口沒有小綠人的馬路。

原來安靜的夜市商圈直直過去，再左彎右拐幾次就能到海邊。好吧，我們其實騎車騎了極久，喬還得停下車來看地圖，但總歸是這樣的，是時而直行，時而轉彎的到了。

我有點疲倦，腳像要斷掉了，一種鈍感的疲倦疊加就很難受。

還有是從哪一刻風開始鹹腥的呢？我早就分不清楚了。

我們要騎經很多房屋，大部分的房門緊閉，害怕海風沒有距離感。可是在一次喬停下來看地圖的時候，卻恰恰停在一間平房之前。電視是厚的那種，粗糙的聲音從窗戶漏出來，風也從窗戶灌進去，窗簾嗶啦啦的飛舞。

裡頭的阿公在看摔角，主持人好像說著日語，風不擅長傳遞聲音，我聽不清楚，卻能看到電視裡的選手相互摔打，喬終於查完地圖。

我的外公也喜歡看這種摔角，他看不懂中文字幕，聽不懂日文解說，卻只要聲音充斥在安靜的屋子裡便好了。

我們好像都在逃避。

從市區到海邊，從日常到逃離，是很短暫又很漫長的。這樣的逃避不能參雜現代化的時空收斂，只要慢慢的、用腳。就好像一場強調其「意義」的放逐，一種過時刻意的形式主義。

好像有人說過青春期就像一場漫長的不合作運動，很麻煩，確實也太刻意。誰都自然明白別人走過的路是最輕鬆的，所有人都循規蹈矩就是最好的。不過卻好像也是所有人心裡都知道的，再不跑就沒機會了。

「以後不會再有了」、「最後一次」，似乎總要被這些詞句拉扯，殊不知很多為了另一個「唯一一次」放棄的東西，本身也是「最後一次」。

喬的腳踏車會發出啞啞的聲音，潤滑油大約不夠了。下午的太陽也從雲後冒出來，不熱，但是紫外線也會晒黑的，我沒有塗防晒，皮膚正在隱隱作痛。很有趣，皮膚變黑那麼不公平，花幾個小時晒的竟然得用幾個月來彌補。

偶爾會騎經沾染油煙味的風，我猜那是在煎魚，煎一條方被捕撈就下鍋的魚。那種味道和海風混合，混沌的香氣熨貼近肺葉裡，也同時撲在臉上。我想家和風是同樣漫長的。

喬總是騎在很前頭，我沒有想要追上他，也許我本該找一些話題，讓笑聲迴盪在除我們以外空無一人的路上。

最後我們終於看見海。

海是確確實實的一望無際的海，卻不是海灘。我沒有問喬查的是什麼地圖，雖然這顯然不是什麼讓遊客欣賞海景的地方。海港的風帶著一點腥味，堤防底下是綠色酒瓶的碎片，和一些扁掉的鋁罐，甚至還有一隻藍白拖擱淺在石頭上。

總之那是海。

我們爬上柏油路旁矮矮的水泥牆，在我的想像裡應該脫鞋子去踏浪的，不過這裡若把鞋子脫掉可能會踩到碎玻璃。我們只能安靜的坐著，後來喬說要替我拍照。

「不用了，風很大，我的瀏海亂飛。」我捂著半邊臉不讓他拍，這個景取得很爛，後面是無聊的柏油路和無聊的天空，前面是無聊的我。

他還是按下快門，我的頭髮勾住遙遠的雲朵。

其實我覺得拍我不如拍浪花的。

因為浪花一下子就死掉了。

風與浪的聲音有點惱人，因為都聽不真切。於是我也拿出手機想要拍浪花，拍了好多張。

感光元件和眼睛都是很厲害的東西，但近視加深之後我變得不太相信眼睛了，看演唱會要拿手機錄全場，看到想珍藏的畫面要拿手機拍照，好像變成數據的場景能隨時開給別人看的東西才是自己真實經歷過的，手機就像外掛式且較客觀的大腦。

我以為這樣才是真正的記得。

喬湊過來看，我的相簿向下滑就是一整片的浪與海，陽光很黯淡，商業海港看起來是灰敗的。因為這裡好像沒有真正的浪花、真正的藍天，只有漁獲和適不適合出海的天氣。

「為什麼要拍那麼多張一樣的東西？」喬問我。

「不一樣，前一道的浪死掉了，後一道的浪還活著。我替他們拍遺照。」

「好做作……」喬笑了。

可是他們前仆後繼的。

我一直很擔心一道浪掀起來再落下之後沒有人記得他，我想浪是海的逆鱗吧?因為海要藏起脆弱的波濤,要撫平怪異的隆起。所以浪花才一直死掉的。所以為什麼要記得呢?我不知道,我不知道記得和忘記有什麼區別但是並不想被遺忘。

岸邊也有死魚癱在石頭上,上頭圍繞了很多隻蒼蠅,可是浪花的死是無影無蹤的,他們墜入石頭縫隙裡頭就只剩下泡沫,沒有人能夠證明他曾經是一道浪花,他曾經是一股世界力量的脈動。我覺得這很令人難過,但又好像哪裡不合邏輯。

偶爾會有藍色小卡車從後頭的柏油路上揚長而去,灰色的煙倒是有實際輪廓的。喬的頭髮被風吹得很亂,他明明是個話很多的人,不知道為什麼今天也不說話了。

我覺得話題的形狀很像眼睛。這是在綜藝節目裡頭發現的,主持人要在前一個話題冷掉之前開出另一個話題,然後嘉賓們便要你一句我一句的慢慢擴充,讓話題膨脹,最後又要慢慢收攏,主持人用最後一句話總結,再接下一個話題。

這是最好的說話方式,因為平時聊天總會有一個人說一句不該是最後一句話的最後一句話，那會很尷尬，語音的尾巴擱淺在空中，說話的人的眼神亂飄。

但我也不擅長接話，不擅長經營話題，其實當然也不擅長和另一個人單獨出門。

我看喬的眼睛。

我不會說喬的眼睛裡頭有浪花、有海，其實眼睛裡頭好像只有瞳孔，我總是看不清楚裡頭的什麼。

好做作……我想喬說的話。我們到底要逃離什麼呢，要逃避什麼呢？卻又活該受那些責任嗎？笑是搭建在往後悲傷與痛苦上的東西嗎？

天與海接壤，我想月亮知道他創造的同時同樣也殺死了很多浪花嗎？我終於想到話題，想到上學期學校的哲學選修課，想到我與老師之間的爭論。

「喬，你相信這一切都會重新來一次嗎？」

很爛的開場白，我不太會組織塊狀的語言。

「哪一切？」喬低下頭，「今天？今年？我的一輩子？文明開始的那一刻？

宇宙的初始？」

「不知道……就是我們身邊的全部完全沒有改變的再來一次。」

「不知道有沒有可能，不過我不想要再來一次了。」喬這樣回答，很有他的風格。雖然他活得並不糟糕，他會很多東西，很「成功」，卻又很自由。

我記得那時候和老師的對話是這樣的，他說世界是由電子與夸克組成的，所以有這樣的可能性——雖非常小但是有——因為物質是有限的，所以也有這樣一種可能，他們又用一模一樣的組合再來過一次。所以我們其實有可能再一模一樣的活一次的。

可是只要有一瞬間人的抉擇不一樣，世界就會再次變得不一樣了……我想，如果真的有上帝的話。

人有那麼厲害嗎？我曾經在社區警衛室拿完快遞走回家的時候思考這個問題，我想如果上帝能夠預言未來，那麼他會知道我在猶豫要不要把腳上的脫鞋踢開？又會踢幾次呢？

就跟這些海浪的生死一樣，人的決定能夠那麼厲害到去左右宇宙的分裂嗎？可是我們似乎那麼渺小的。

厚重的天空上是斑駁的雲朵，浪花的聲音就像是半夜的風扇，重複的低頻噪音，久了就要習慣。

風吵鬧的吹著，我有一瞬間有種衝動想要把身體靠上喬，就一下下、在風裡。可是後來我們還是什麼都沒說，也沒有改變兩人之間一個手肘的距離，我沒有喜歡喬的。

喬卻突然跳下矮矮的牆，小心的踩過可能會崩落的石頭，我問他在做什麼，他卻沒有回應。只是自顧自的掬一捧即將從指縫漏乾的海水給我，把那僅存的一點點水倒在我也攏起來的掌心。

「給你，你的浪花的屍體。」

我笑了。

「不覺得浪花是很美的名字嗎？同一朵花一般。」海水一點一點的流乾，滴在我的制服裙襬上，我說，「如果每一道浪都能被遊客拍下來那就好了，那只是人的一瞬，卻是浪花的一生。」

「可是拍照下來就等於有留下紀錄嗎？就跟人成功一般，被記住又代表什麼呢？怎麼去感知？」喬卻坐回他的原位，又這樣說。

我們都皺起眉來。

我想要接話，想要和他說不是這樣的，想要與他爭論記得的意義，還有影像留存的意義，可是最後卻向他道歉，說自己可能中暑了。

海風很大、三月太熱。

「我們該回去了。」喬低頭看了看手錶。

「我要趕放學那班公車。」我說。

「那麼我們沒剩多少時間了。」

在腳踏車鏈條的磨擦聲中，我突然想到也許喬的意思是水是無生亦無死的。

我原先想開口問，最後還是算了。已經離開海邊了，再提起來似乎很沒意思。

來時是逆風，頭髮便向後飛去，如今卻是順風，騎車沒有獲得什麼助力，倒是顯得很狼狽了。回程比方才要快得很多，畢竟走過一次了，不必停下來看地圖。不過那種粗糙、充滿砂礫的「從沒來過」，仍然是無可取代的。

我又想喬的意思可能是沒必要去想那麼多，想懂了代表什麼？水沒有生死、物質也沒有生死？那麼便不去在意現世的濃重情緒或是細節嗎？好像也不是這樣的。

可是我依然沒有開口問喬，我知道這樣的時間不會再有了，可是我仍然沒有開口問喬。

三月太熱。

漫長的路、溫吞的陽光，我們又要回去、沒剩多少時間了。來時的房屋仍然是房屋，商店依然是商店，我們回到那個公園，喬去把我的書包拿來給我。

學生正放學，熙熙攘攘的街道上是被踩碎的落葉，夜市開始燈火通明，塞滿了吵雜的嘴巴。

喬和我道別，和我說，他要回學校拿他的書包，明天還有複習考。

就好像我們離開海很久了。

# 五分灰藍色的

魚尾的鱗片反射著山道間破碎的陽光。

這是夢中我所有印象的最後一個畫面。恍然從冷氣穩定的雜音中驚醒，在陡峭的登山步道雙腳卻突然變成魚尾，於是整個人滑下去的恐懼和失重感太真實，我嚇醒了，被我撞到的課桌椅在寂靜的午休教室裡發出了很大的噪音，許多人抬起因為趴睡而印著外套紅痕的臉看我，好險鐘聲在這個時候響起來。

我抽了衛生紙從後門離開，林俐麗正好出來。

「你知道嗎？我剛剛夢見……」

「和你說喔，我夢到……」

我們卻同時開了口，於是把門闔上後就一起小聲的笑出聲來。她抬手示意我先說，碰到我手臂的手掌有些汗濕。

於是我和她說，我夢到我爬山爬到一半突然變成一隻人魚。

「咦……我也是耶！雖然我沒有在爬山啦。」她頓了一下之後露出很驚訝的表情。我愣愣地看了一下，總覺得有點古怪。

她是我在高中最好的朋友，前一段時間請了幾天假，那讓我在兩人分組上有點麻煩，但不算是大問題。她還在連連追問我夢裡的人魚是穿貝殼胸罩的那種嗎？我看著她指甲上的藍色指甲油一直想到魚鱗。

我答應她放學陪她去一個地方，雖然她遲遲不告訴我是哪裡。我猜是藥妝店，感覺她最近有點想學化妝，卻不知道從哪裡開始，好幾次她看著我桌上的化妝包欲言又止，可是她若不開口問，我也很難主動開口說，好像很好為人師一樣。況且其實我也只是看了一些美妝影片，然後就拿著零用錢亂花亂買，也還不是很會用。

確實會覺得有點尷尬吧，對於想要讓不完美的自己變漂亮這件事。所以我先答應了，如果有合適的也可以買來做她的生日禮物。

可是放學後她卻拉著我騎了十分鐘的腳踏車到一個偏僻的公園裡，叫我站在公園的邊緣，面向馬路。

「要做什麼？」一輛卡車在我面前呼嘯而過，帶起一小片煙塵，我沒有聽見她究竟還有沒有在持續說話，這讓我因為不知道她究竟想做什麼而感到有些不安。

終於隔了幾秒她才開口，「這樣聽得見嗎？」

我點頭。

「那這樣呢？」

她的聲音越來越遠，不過若是沒有車很快的從面前開過還是聽得到。於是我又點點頭。

我覺得她的行為有點莫名其妙，回頭看她一眼，卻發現她其實離我很遠，已經站在花叢後的步道邊緣，公園的落葉被風颳下來，星星點點的落在我們之間。我無緣無故的想，這些葉子經過多久的脫落呢？落下來的前一刻又是不是早就只是夾雜在其他枝葉之間？

我的眼鏡應該換了，沒辦法清楚看見她的表情，可是我卻在那個模糊的身影中解讀出類似於難過的情緒。

她沒有阻止我走過去，只是和我說，她媽媽出車禍的時候，她好像就站在這裡。我回頭看剛剛自己站的那個位置，一輛車從那裡飛速開過。

我想我這個時候並不該用驚訝的語氣問「你媽出車禍了？」沒必要的反問只會讓雙方陷入尷尬，可是沉默下來也很尷尬。這是一件大事，畢竟我們平時連做了什麼有趣的夢都會和對方說的。我沒有想過她會有什麼事情需要瞞著我，還有才後知後覺的想到難怪這幾天她都沒有發限時動態。

所以這是她請了那麼多天假的原因嗎……想起來她好像確實沒有和我說過為什麼。在這之前我也並沒有意識到這個問題。

「我那時候在和她吵架，為了成績還是其他什麼的問題吧，我記不清楚了。」她低下頭，看不出來在想什麼，樹蔭中落下來的光映了一些亮碎屑在她臉上，「所以我沒有叫住她，也沒有走過去。等我回到家的時候才接到電話……到醫院之後才知道就是在那個路口。」

我愣住了。

「我其實好希望我去醫院的時候她並不是穿紅衣服，也很希望你剛剛搖頭……如果你沒聽到的話就好了。」

中午夢裡的魚鱗是什麼顏色的呢？我隱約記得看見綠色、紫色和粉色的光彩。在下午的太陽裡也仍然會很耀眼。我很不合時宜的回想，卻又在樹下破碎的光線中啞口無言。

「那……那你之前為什麼不說？」我沉默了許久後有點艱難的開口，說完又覺得這句話似乎有點傲慢。後悔莫及。

「說了也沒辦法改變什麼吧。」

其實她說這句話時，我也恰好是這樣想的。

我也不敢問她然後呢，媽媽呢，還好嗎。但又很害怕話尾落在地上，於是乾笑了幾聲，說了句這裡好熱。

結果後來還是去藥妝店了。

最近因為近視加重，我怕被罵，於是自己買了比原本增加兩百度的隱形眼鏡。度數似乎是滿合適的，只是偶爾有點頭暈，眼睛總是發乾。我藉口說要去買隱形眼睛的沖洗液，而後絮絮叨叨的開始說覺得哪個牌子比較好用、有個牌子的開口太大用太快了之類不太必要說的話。深怕話音一停下來，又要面對那無底的沉默。

因為我也不太知道怎麼去面對分別。有的東西變成習慣、根深蒂固，似乎就很難在當下用自我意志去改變。可是若真要去改變好像也很容易，只要活著就好，活著就會改變了。

日常就是破碎的無聊片段一塊一塊雜亂的疊在一起，而我們就好像要穿過雜物間的人，有時候光是要從中擠身而過，不被上頭落下來的東西砸死就已經費盡全力。又怎麼去感知一個細小的東西緩慢衰敗、又怎麼能抓住破碎的習慣，要它不在一天又一天中偷偷改變？所以莫名其妙的殘忍的習慣有人離開，莫名其妙的殘忍的不再習慣這個人出現在自己的生活中。

那樣才是真正的離開。我回頭看了林俐麗一眼，想著我們總有一天也必定要習慣這樣殘忍的事。

可是我卻驚悚的發現，拿著餐具袋在貨架中晃著的她看起來突然變得有些陌生。

為什麼呢？我百思不得其解，直到她晃過來和我搭話，我才努力不要恍神，不要試圖從她的眉眼之中找到是什麼改變了。

在灌滿冷空氣的明亮的藥妝店裡，我們拖拖拉拉的晃來晃去，最後還是只買了一排五十九塊的沖洗液就走回悶熱的夏天。

「晚上會下雨，是嗎？」我抬頭看了看天空，其實雲層並不厚，也仍然有陽光落在地上，只是因為真的太悶熱、太悶熱了，我才這樣說。

林俐麗也抬頭起來，正好有鳥群扇著翅膀經過，在黃昏裡就像動態的剪影。聞言她搖搖頭，又點點頭，沒有說話，就分道揚鑣。

我對她沒有回應我且沒有和我道別這件事感到有點莫名其妙，低下頭才發現她在幾分鐘前傳了一長段文字給我，關於她的媽媽、關於她、關於我們，大概很久以前就編輯完了，只是剛剛在藥妝店時才發給我。我看得很痛苦，因為太多冗詞贅字，看起來像是在情緒激動時打的，而且我覺得我是沒有做錯什麼的，也沒有覺得自己應該承擔這樣的情緒。

我其實一直知道林俐麗和她的媽媽關係不好。我甚至懷疑過她並不是她的媽媽親生的。

因為她的媽媽有時的言行舉止幾乎就像是很恨她，在她需要生活費時必須先聽她媽媽羞辱一番，在她要去剪頭髮時問她剪那麼漂亮是要去勾引誰，又或者在親戚前用關心的語氣比較她與其他妹妹們的胸部大小。

林俐麗從很久以前開始就會和我說這些，可是無論何時、無論是第幾次這樣聽到，都還是會覺得很難受。或許就是因為她和她的母親真的長得太像了，也或許就是因為她和我說過「可是無論如何那都是我的媽媽」，每一次聽見，都還是會覺得其實也或許愛真的是有腥味的，像動物、像肉、像血一樣有腥味的。

比起理智更像動物的本能……那樣嗜血的，使人聯想到性與繁殖的愛好像本來就沒有那麼純粹。

但這次我還是有點嚇到了，鮮明的畫面、情緒像在我的臂膀上抓出血痕，所以這樣字句疊著字句就好像真正壓在我的背脊上。

那瞬間我的心裡陡然升起一種強烈到幾乎使我反胃的噁心，我不知道這是因為什麼，但我知道自己突然有點想要逃跑了。

最後那天晚上還是下雨了。在我與她分別沒多久之後。

她說她走回家就好了，我還得騎著腳踏車回去還，再搭公車回家。可是卻下起雨來。

袋子裡有為了游泳課帶的拖鞋，我狼狽的鑽進天橋下，脫下布鞋和襪子，再把濕漉漉的它們按進塑膠袋裡。夾腳拖並不適合在磚頭路上走，我打算在天橋下等到看見公車之後再走出去。

天空一下子就變得灰沉沉的，林俐麗又傳了訊息來。她的ＩＧ帳號是很好聯想的 Lily，後面跟上一堆亂七八糟的數字（因為 Lily 是有些太常見了一點），雖然她說過並不喜歡自己的名字。

「麗再搭配那兩個常見的字看起來有點俗氣，很不像這個年代小孩的名字，連起來念也感覺有點討厭。難道不是嗎？」她曾經和我說，一邊在考卷上寫下自己的名字。我依稀記得那次她的「麗」最後勾起來有些鋒利的感覺。

訊息裡又突然很客氣的說謝謝你陪我去公園，雖然我覺得我們應該還沒有生疏到這種程度。還有看完這幾個字我想我大概這輩子都不會知道她的媽媽最後到底怎麼了。

最後我回她：「你那裡下雨了嗎？」

站在天橋下，馬路與改管重機的聲浪都變得霧濛濛的。我忍不住去想下雨天的城市算不算濕度偏低的海。還有世界最初的海洋是怎麼來的呢？是因為潮熱的雨下個不停，於是乾燥的地方也變得永遠濕漉漉的嗎？石頭還偷偷在海裡融化，讓水變鹹。

雨天裡的海裡的我原地踩了兩步，人字拖裡似乎卡進了小石頭，就在人的那一撇的尾巴上。壓在腳背薄薄的肉上有點刺痛。這種疼痛讓我想到她剛剛和我說「如果你沒聽到的話就好了」這句話的語氣，然後公車從雨幕中開過來。我揉揉眼睛，必須往雨裡走去，就像自願跳海的人。

那瞬間我突然也覺得很難過。

打開手機螢幕這個動作也要承受風險。我曾經在通勤的公車上打開手機，猝不及防的就被分手。不過我一直是一個擅長逃避的人，我喜歡在空洞的世界躲起來，看弱智的短片、看連續劇的時間就很好，雖然也不是完全沒有風險，但大部分的時候躲起來什麼都不用想，不用應對，所以我喜歡躲起來。而當我覺得疲倦、覺得尷尬、覺得麻煩，我就會想逃跑，我想應該是因為我只想交到讓我沒有負擔的朋友，我只想要我們有時看著對方的眼睛，說無聊的笑話，然後一起捧腹大笑，在分組時不會落單，想說話的時候有人可以一起分享，就只是這樣。

有時候，我會期許自己接住其他人的情緒，會在對方還在傾訴的時候，就在想自己究竟要怎麼回應。說實在的我並沒有餘裕去想對方是不是多難過，我只能思考自己這樣回應後，對方會不會感到不滿，進而討厭我。那總讓我手忙腳亂，最後好像誰都沒有討好。

可是那種被傾訴過的情緒卻還是會像雨天踩過水坑的濕泥黏貼在腳踝，骯髒的、黏膩的，好像只剩我被留在雨裡了。

我好像永遠沒辦法真正成為一個八面玲瓏的人，只是讓自己身體的每一面都被淋濕透徹。

我不知道這樣的我究竟算不算一個很無情、很自私的人，只知道若是與人深交，對我而言帶來的痛苦總是比快樂要多很多，我不知道為什麼。

我曾經期待這樣自私的自己成為一個站在中間的人，只要站在朦朧曖昧的地方，不需要對某件事或某個人明確的表達看法，只要囫圇的附和，贊同總比反駁輕鬆一些，不想要被別人討厭、不想要被人側目。可是大部分的時候我都沒辦法做到，而且一直以來我分明沒有真正做什麼，我不知道自己為什麼會累。

現在我對林俐麗好像就是這樣的時期。很突如其來的，我不知道自己在不滿她什麼，也許是讓我面朝馬路，又或者是傳了那一長串言不及義的文字給我。平心而論，她並沒有做錯什麼，我知道的。

這時候又開始想要活在沒有網路的時代，至少能夠在約出來見面之前、在接起電話之前、在翻開報紙之前有一點心理準備，而不是一打開，訊息欄就冷冰冰的映入眼簾，顯示已讀。也沒有那麼多積累在行事曆和未讀訊息裡的雜事和社交活動，有時候就算不是在下雨天我也覺得要溺死。於是打開網路後就看到湧入的數十條訊息，我把頭撞在車窗上（有努力注意音量）。

「嗯，下得很大。我家這裡。」她回了訊息。

然後看著其他群組不斷跳出來的「@All」，我仰起臉來，頓時沒來由的覺得好痛苦、好痛苦。為什麼雨下得那麼大呢，為什麼她沒有叫住她的媽媽，為什麼我沒有人魚尾巴。我又想要躲起來了。

我看著手機螢幕發出來的亮光，按滅它、亮起來、按滅它，再亮起來，反覆一種摩登式的凌遲。

還有為什麼這個世界不是無邊無際的海呢？

海裡訊號一定很差。

最開始，我和林俐麗是在樂團裡關係變得親近的，因為我們同班，所以就湊在一起了，高一上的時候很有熱情的加入音樂性社團，一個學期後就不約而同的一起轉去電影欣賞社。

她那時候買了五千塊的電吉他，用在火鍋店打工賺來的錢。結果一下下就放棄了，我想我們都不是太能夠忍耐和展望未來的人。

「想要站在舞台上閃閃發亮嗎？」熱音社的社帳這樣寫著。每年都大同小異，配上一個小人站在打了光的舞台上的剪影。

「也可以不要。」在學期末的時候她和我說，用我覺得有點幼稚的語氣，「突然覺得我什麼都可以不要，沒什麼是必要且必然的。」

她在最後一堂社課把弄著匹克說，深藍色的，她曾經為了襯這小小的匹克去做了深藍色的美甲。

一千多塊，隨著新陳代謝與細胞的生長與分裂就會慢慢剝離身體，開始變得累贅。我覺得有點浪費錢，她說她一天一定能看幾千次手，絕對不會不值得。所以她願意為了這些在放學後去打工。

我那時候面試過主唱，沒有通過，之後就莫名其妙的變成幽靈社員。我更經常坐在台下聽那些尚不和諧的音符，看著不屬於我的麥克風，看著上下彈動的匹克。匹克也像人魚的鱗片。

「你喜歡藍色？」這是我與她的第一個話題。

她點點頭，「深藍色。」

我也點頭。雖然我並不知道自己究竟為什麼要點頭。

後來的幾次練習與社課我常常缺席，就算出現了也經常犯睏。抱著習慣躲在柱子後面盡量躲避自主練習時間。然後我會看見林俐麗抱著吉他把自己塞進桌子與牆壁中的縫隙裡，就像她也是一道陰影。如果匹克不小心落在地上，她會伸手去撿起那一小塊的藍色。

每次看見這個動作，恍惚間我都以為那塊藍色可以把陸地淹沒成海。最後我挪到她身邊聽她唱起歌來。莫名其妙的歌詞與不算悅耳的旋律，她反覆唱了兩三次，我聽不出意圖，不知道她要表達什麼，也有點不知道要不要誇獎她，她卻說無妨，她知道很難聽。

她好怪，怪到我們都笑出聲音來。後來就算退社之後我錯過了大家都離開群組的時機，也一直沒有找到合適的，就一直在裡頭潛水，做一個稱職的、陰魂不散的幽靈，也常常被「@All」，這很煩人，但我會想到她不著調的唱法，如此就繼續在裡頭待下去。

直到訊息如潮汐一般拍打上岸。有點太多、太雜、太難以消化了。就算不用回覆也很辛苦。不可以不打開手機，不可以不看到，關通知也有惱人的紅點點，又無法在奇怪的學期中才退出群組。

「該怎麼辦呢？」我問她。

那時候她說她等等回我，正在打工，就沒了下文。

可是我一直是一個靠著慣性生活的人，得過且過，在公民課教到英美法系的普通法時，他說那是判案時參考以前判案的例子，又接著說不太會考，聽過就好。我卻只是胡亂的、膚淺的覺得很像我。因為我也是一個靠著過去的老舊習慣生活的人。

我不知道面對過去習慣沒有的事情發生該怎麼辦才好。有時實在煩得覺得不能再繼續這樣下去了，也不會主動想去解決，就慢慢的等待、放空，直到對方受不了，自己離開我。這就是我逃跑的方式。

所以有些感情總像葉落一樣慢慢的從我的習慣剝離，又長出新的枝葉，我無知無覺，從前的季節就已經追不回來。

其實我是知道明明是我先允許樹葉轉黃的。因為我一直得過且過，我知道的。

那個下雨天之後我不再和她一起走到外堂課的教室，小心翼翼的脫下習慣的衣裳，不需要說什麼，也不需要吵架，我又像自顧自穿越雜物間的人，回首才發現我已經離她很遠了。

我與她的掃區也有段時間正好在同一個地方。是活動中心外的階梯與平台，外面有很多棵我不知道名字、不同品種的樹。我與她最經常坐在階梯上偷懶（因為我們要坐所以我們只打掃階梯），看那幾顆樹嘩啦啦落葉，葉子全掉在別人的掃區。

戴眼鏡之後，我開始覺得在陽光下的葉子很像鱗片，像密密麻麻的、閃亮亮的鱗片，不過她說不像。

在那裡，我們有時候聊偶像團體，聊為難人的社團學姐，聊我與她的前男友。但後來我有點不知道該怎麼和她說話了，所以也越來越不習慣與她坐在台階上，總覺得怪，覺得尷尬，好像她有什麼地方改變了，我與她的交流不再輕鬆了，我快要被壓扁，於是我經常不下樓掃地了。也不知道她是否還有過去、還坐在那裡。

應該就是在那個下雨天後，她就改變了，我曾在走過她身邊的時候聽見她正與其他人抱怨她媽媽的事情。當然我也有問題，我知道我不該在那時候離開她的。可是我不知道能怎麼辦了。

但回想起那個時候，我是真的切身感到痛苦。我沒有真實的和她的媽媽相處過，她在我這裡的一切都是林俐麗和我說的時候建立起來的，可是我卻真的能夠感受到痛苦。

我的心裡真的會出現一個中年的女人，然後我會去思考她為什麼要這樣做，又會出現一個在家裡剛洗完澡的林俐麗，林俐麗說她們吵架的時候，我真的會看到一個歇斯底里的林俐麗和她媽媽。但最讓我痛苦和不解的是林俐麗曾經和我說過，可是無論如何那就是她的媽媽。

她說她的外婆也對她的媽媽很差勁，然後在她媽媽高中時就過世了，但她的媽媽也仍然會拿出來說，也很擅長抱怨，說自己比起她的外婆根本就是一個極好的母親，說她的外婆是如何惡劣的對待她，說林俐麗這樣幸福的小孩，她們那個年代可沒有。

可是也或許就是因為她的媽媽並不是一個徹頭徹尾的瘋子，反而變成如今這個模樣是有因有果的、悲哀的中年女人；也就是因為林俐麗除了她的媽媽，也會講很多別的、有趣的事，因此我一直躊躇著，卻還是沒有離開她。就算我們的關係也並不健康了。

人太複雜了，以至於若是剖開身體，汙濁的血噴濺在地上似乎比起紅色更像黑色，那是所有鮮明的顏料混雜在一起會形成的樣貌。

我想我還是難以接受善良的角色身體中也同樣有血液同流的邪惡，以及超級大反派背後故事的情有可原。

這一切就像一團糾結在血肉中的線，直到我伸手想去扯開時，就已經被擅長復原傷口的皮肉覆蓋過去了。從那時候就開始，已經不疼了，但扯也不是，不扯也不是，但那其實歸根就底並不那麼關我的事。

我就是這樣左右搖擺的人呀，我站在中間猶豫過，可是我其實早就知道自己一定會離開的。

不過好像除了我以外，她沒和任何人說過她媽媽的事，我也沒聽過結局。只是經常想到人魚尾巴，想到她胡亂哼的歌，想到潮汐。

所以人與人之間的交集是不是就像潮汐？

我看不清一切的一切，就好像陷入冬日河口骯髒的水裡，只等著有些浪拍打上來，可是我什麼都抓不住、也懶得、也不敢伸手抓住。

終於又有一次在掃區碰面（照理來說不該那麼少見，是我偷懶過度了），她就坐在那個台階。有一陣風吹過來，她看見我，和我揮揮手，說自己換了一副新的眼鏡。

「我有發現。」我說。然後有點生疏的走到她旁邊坐下。我又有其他新的、最好的朋友了，已經有點忘記怎麼和林俐麗相處了。

「換眼鏡之後我覺得你說的是對的。還沒轉黃的葉子真的亮得像樹的鱗片。」

太久沒和她說話，我還是感到不知所措，只能點點頭說，「我習慣新眼鏡後又很少那樣覺得了。」

她奇怪的看了我一眼，「還有我那天是騙你的。」

「哪天？什麼？」我還有些反應不過來。

「去我家附近那個公園那天。那天午休我並沒有夢到人魚。其實我原本要和你說……我夢到我媽死掉了。」她說這句話的時候只是盯著手指上看起來新做的藍色美甲。「那之後我發覺人真是很有趣的生物。你有什麼覺得你若是失去之後會活不下去的東西嗎？有什麼覺得很重要、很重要的東西嗎？我不知道你有沒有，反正以前我覺得自己有，但在失去那些東西之後，我發現好像人這樣頑強的生物，失去什麼都能跌跌撞撞甚至稱得上冷漠的活下去。我已經習慣一個人走到外堂課的教室，也習慣洗碗了。」

樹被風吹過，嘩啦啦的，同時又落下好多金黃色的葉子。落葉在凹凸不平的水泥地上刮出扁平且人工的聲音。

我不知道她這番話是否是在責怪我，又或者她只是想到了和我同樣的東西。

其實那場突如其來的車禍只是一個節點吧，我愣愣的看著自己的掌心，人是會改變的，狀態是會改變的，也許我們就是走到盡頭了，沒有緣分了，除此之外我沒什麼能夠交代完能使她不覺得莫名其妙、不討厭我的原因。

我不知該如何接話，只好拿出手機，我們又安靜下來。未經允許就跳出來的氣象新聞寫著「今夏降雨率低，冬春恐限水」。

陸地似乎暫時不能夠淹成海。

我揉揉眼睛。莫名奇妙的想起每次通勤的公車都會經過一座橋，夏天時往河裡看可以看到偶爾出現些微碎裂的連綿的波紋，那些水都是灰藍色的。冬天的話就只會剩下一條悲哀的水帶和布滿大大小小石頭的河床。

「人好像就是必須這樣反覆的去習慣……還有不覺得念我的名字就像在下一場不停落的雨嗎？誰喜歡那麼倒楣。」她在一片沉默中開口說，「……可是我好像也已經習慣了。」

習慣什麼？習慣有些關係的終結本就會平淡且啞聲的來臨，就像一場夢一樣？

還有你會變成一個像你的媽媽一樣的人嗎？雖然這句話我絕對不會說出來。

我又想要逃跑了。

隔著薄薄的一層圍牆我們都聽見有輛車呼嘯而過的聲音。風又拂過，像魚鱗片般的黃金色的樹葉又嘩啦啦的響起來。我還是不知道應該說什麼才好。

# 人生遊戲

我一醒來，就好像闖進一場比賽之中。

穿著愚蠢的自行車服的許多人都圍繞在樓梯邊緣，槍聲一響就爭先恐後的向樓梯衝。我不知道大家為了什麼而跑，只是不想落後，我隱約記得這是必須配速的，快跑超過四層樓左右就會開始疲憊，所以要好好儲備體力。

我於是速度穩健的跟在隊中，直到有個穿著綠色騎行裝的人向我搭話。名字不太重要，我叫他綠色人，他於是跟著看我的衣服顏色叫我黑色人。他和我說，我們可以合作，這要爬一百層呢，一起聊天，一邊維持步伐是很好的作戰策略。

是這樣嗎？我並不確定，不過他看起來很友好，於是我同意與他聊天。可還沒有說幾句話，他就說要保持體力，一起去休息室拿補給品吧，只有十二樓有補給品喔。

他讓我與他合力把門推開，門很厚很重，我們施力了很久，期間有很多人在背後超越我們，最後門終於開了。

「謝謝你，其實根本沒有什麼補給品，不過我聽說這裡有電梯喔，謝謝你幫我把門打開。」綠色人快速閃進門後，露出一個惡意的笑容又用力的把門關上。

我於是只能繼續撿回自己的步伐，一層一層的向上爬。途中再有其他人想向我搭話，我也不願意搭理他們了。

我觀察其他人的姿勢，發現不能抓住把手的轉彎處，而是應該抓住轉彎處再上方一些的位置，才能節省體力。可是再怎麼節省，那也是一百層樓，我的體力很快就耗盡了，於是我又想到電梯。

我開始向過路人搭話，用綠色人的話術騙他們把門打開。可是我更謹慎一些，因為我並不知道哪層樓有電梯，也不知道從門內能不能再把門打開，於是我選擇先騙一個人進去後，在門外問他裡面有什麼。

不過我還是沒有預測到那人竟在裡頭騙我，我再次與他人合力打開門之後，他就從裡頭竄出來，又把我推進去，再把門用力蓋上。

這裡根本沒有電梯。空蕩蕩的，只有一張桌子與一張椅子，上頭有銀色的數字表示，寫著25。我從裡頭推不開門，此時又有一個穿著紅色自行車服的人從房間旁的暗門走出來。

「你也被困在這裡嗎？你也是來找電梯的嗎？」我忍不住問他。

「沒有，我只是很累了，想找張床躺著，剛剛好進來這裡。」紅色人笑著回答，「不懂你找電梯做什麼，好多人都從一樓就開始搭電梯，可是我們不知道電梯在哪。所以現在一定有很多人現在都已經到終點了，我們從一開始就贏不了，為何不要慢慢走就好？對了，你要休息嗎？暗門裡頭有床。」

我啞口無言，原本想要斥責他這是比賽呀，怎麼可以這樣輕視、這樣認輸，可是仔細想想比賽又有什麼好的，我根本不知道自己來自哪裡，一醒來就在「比賽」了。

「那你什麼時候要離開？」最後我問他。

「慢慢來就好了，再睡一覺就可以了。」紅衣人又笑了，「我們可以一起走，畢竟這門需要兩個人開，你現在自己也走不了。」

我雖然不想要停下腳步太久，可是卻也沒有辦法。只能坐在椅子上，等紅色人睡醒出來。一起推開門後，我們又回到樓梯間，這裡一樣有許多人氣喘吁吁的爬著，就好像我們根本沒離開過賽道一樣。

「我就說不可能墊底吧。」紅色人一邊慢慢爬著樓梯，一邊欣賞旁邊的人大汗淋漓的超過他，「雖然也不可能領先就是了。」

我還是覺得他太溫吞了，於是我也扔下他自己向上爬，他看起來並不介意的樣子。不過爬著樓梯，我的腿漸漸不受控制，不斷發抖，紅色人倒是又跟了上來，問我要不要找個地方休息。結果旁邊那扇門打開之後就正正是電梯，裡頭的樓層按鍵只有五個，分別是1、21、39、62與100。

沒有12。

搭電梯倒是輕鬆很多，六十多樓也只是一眨眼、幾句話的功夫，可是我們已經太慢了，電梯門打開有許多人坐在頂樓的長桌旁發呆。

我走到離我們最近的人面前問他：「所以我們是贏了嗎？」

那個人呆愣的抬起頭，「是啊，但我開始有點無聊了。」

我又回頭看紅色人，他又笑著，說他要回去二十五樓，至少那裡有床。

# 白馬

她的阿公告訴過她一個很無聊的傳說，那是在很久以前，也發生在這個農村的事。

大概是阿公的阿公那一輩，有一個月圓的晚上，一隻白馬從山中出來，在屋後的水缸旁不斷發出嗚叫，甚至揚起前蹄，用嘴去頂缸上的木板，狀似極需要水。她的祖先見狀怕水缸被馬打破，也覺得再去打水麻煩，於是把馬趕走了。

可隔沒多久，大概是下一次月圓，一直同樣貧困的鄰居卻突然發了筆橫財，據說是他們在水缸下挖到黃金，從此生活順遂，並且成為村子裡第一個蓋起樓房的人。

阿公於是下了結論，他們沒能發財，大概是因為之前祖先驅逐了能帶來財運的白馬，而鄰居肯定是打開水缸讓白馬喝了，於是才能在缸下挖出黃金。

阿公說他的爺爺確實看見他們家水缸下的土坑了。

每個過年，她會重複聽到這個實在沒有什麼起伏的故事，尤其是堂哥瘋了之後，爺爺更常說了，大概是覺得家裡的男丁一個比一個不中用，並且需要一個自己並沒有做錯事卻得到這樣後果的理由。

這個傳說沒有為家裡帶來任何財富，但倒是平淡得很像真的，她想，她們家的人確實是這樣的，不會為陌生的馬或人打開水缸，於是當然只能當童話或傳說中用來襯托主角善良的配角，直到現在，也一直像是某個主角的背景，會在固定時間出門以充當不太重要的關卡提示或目擊證人一類的角色。至於那戶鄰居，似乎是在上上一代就舉家搬離了這個村落，也算是符合了這個故事。

這處村落就在城郊，離市中心並不很遠，大概只是開車二十多分鐘的距離，但步調和風都很慢，至今望過去也仍是一片綠油油的稻田，甚至到現在也少有樓房。

他們家三合院的左邊是鄉公所，右邊那條寬闊的道路直走到底就是火葬場。這也是樓房很少的壞處之一，因為一切看過去都是一望無際的，也很難去避諱什麼。不過也因為如此，如果搬張塑膠椅坐在院中，光是看著來車來人的模樣，以及研究是何處突然冒起黑煙，又是在燒金紙、屍體還是燒稻草就能消磨很長一段時間（村裡的老人都深諳此道）。

只是她從來沒有找到白馬來處的山。

她四處繞過，找了很久，從來沒有。

畢竟這裡一片平坦的，就算曾經有些起伏的土堆，也早就被世世代代勤奮的牛與農人犁平了。這大概是白馬故事裡目前她發現的唯一一個漏洞。

他們一家已經住在這很長一段時間，一直在同一個原址重建房子，持續的時間太長想來也有點悲哀，就像這個家沒有人演化出雙腳似的。不過在這裡女孩可以離開，或者說是必要離開，她的每個姑姑就都離開了，她也並不住這兒，只有逢年過節才會熱鬧一些。

清明節來時，因為不是長男的孩子，所以也多是在三合院坐一會兒，就到離火葬場不遠的公墓那裡去祭拜祖先，一座一座墳頭靠得也並不算遠，買好金紙之後，就到那塊區域看有些褪色的燙金字體，確認哪個是她素未謀面的親人，然後折好紙壓在石頭下，或者丟進金紙爐裡。那一段時間，也是這個村子最熱鬧的時段，路邊停滿了暫留幾個小時就會開走的外地車輛，公墓更是人滿為患，要很小心才不會被人潮推擠到不小心踩上神聖的土堆。

所以她其實並不很習慣這矮矮的屋子，每次推開門都還能聞到線香的味道。這兒也沒有沙發，只有硬極了的木頭椅子，木頭中間是堅硬且冰冷的石板，冬天坐下會覺得從尾椎冷到頭骨。不過現在是夏天，她坐下後只覺得腹部不太舒服。

堂哥聽見她的聲音，高興的推開珠簾出來，他的腳步聲沙沙的，因為堂哥穿著的拖鞋太老舊，走路也不太把腳抬起來，鞋底就這樣磨著三合院房間陳年的粗糙水泥地板，所有人都能聽見他的來處。陳舊的塑膠珠子相互撞擊，那些珠子早已不是圓形，被時間摔出刮人的稜角，撞在一起時會發出像是下雨的聲音。

「過年了嗎？過年了！過年了！妹妹回來了！」堂哥今年二十多歲了，樣貌已經是個皮膚黝黑、擁有寬厚腰膀的成年男子，但高興時，聲音卻總有割裂的天真，這種割裂總讓人有些惡寒，而且她總覺得那樣的「天真」其實並沒有表面上的那麼純粹，只是她和媽媽說之後，媽媽只要她不要多想，更不能多嘴。

「還沒有過年喔，現在才年中，離過年還有好一陣呢。」於是她只是坐在木椅子上抬頭這樣說。

神明桌旁邊掛著的月曆寫著大大的六，不過現在已經八月了，大約是最近沒有什麼機會送人東西，所以也不需要月曆紙包裹，於是一直沒有撕，畢竟在這裡日期除了農忙時期與過年，其實也並沒有什麼太大作用。

「要過年了！妹妹回來了！要過年了……過年了。」堂哥還是持續這樣說。他自然喜歡極了過年，尤其是初二，初二這裡比初一熱鬧許多，因為聽說初二時他的幾個姑姑都會帶著小孩回來，整個院子就會變得滿當當的，水泥地上都擺滿椅子，折疊桌上也要零零散散的放著幾盒孩子們帶回來的桌遊。

雖然那些小孩們都少他很多歲，她也算見過他們幾面，也知道他們同堂哥自然玩不到一塊，但至少他說話時小孩相較大人會稍微認真聽，然後會回應他，所以他很喜歡。且他的笑容有點鈍鈍的，就好像慣性在笑，習慣露出有點混亂的牙齒，聽人說話時反而會愣住，隔了幾秒才再笑起來。

「還沒有過年喔。」她又說，不過卻沒有再抬起頭了，只是索然無味的滑著手機，並且在心中感嘆這裡的網路並不算太好。

哥哥坐下了，卻一直發出斷斷續續的笑聲，看起來還在為了過年高興。

她的這個堂哥小時候其實還算聰明，一直到就讀村裡國中時都還是名列前茅，阿公也因此對他很滿意，他那時候不太愛說話，看見他時他都抱著書往房間裡鑽，課本也都會翻得破破爛爛的。

不過後來到市裡念高中就沒有那麼順利了，畢竟是鄉下的國中，其實本就不算那麼頂尖，再加上阿公與父親的過重的期許，他很快就變得沒有辦法負荷學業上的壓力，她記得那幾年看見他時他的頭髮都是灰白色的，面色幾乎就像個形容枯槁的中年人。她其實很難得看到一個人不用說話就能全身散發著過得很不開心的氣場。稍嫌臃腫的身體每次見著時都佝僂著，也幾乎很少聽到從他嘴裡發出的聲音。

後來的考試他自然沒能取得什麼像樣的成績，消沉了好幾個月終於願意走出房間，可是出來之後就變成這樣了。

阿公他們帶堂哥去看過醫生，可是醫生說他身體沒有出問題。至於到底得了什麼病、出了什麼什麼問題，又是因為什麼卻沒有一個人說得清，最後她回來聽見的版本就是堂哥瘋了，沒救了。

如今的他生氣的時候會用英文大聲咆哮，她隱約記得堂哥小時候英文成績好像不錯，他自己也很喜歡，大概是常常因為這個科目較為突出的成績受到大人的誇獎，那時候每一次回去都能聽到他主動拿播放器放英文CD自學。那些簡單的英文句子混在神明廳線香的味道之中，總是讓人很容易恍神。不過其實他的英文並不算太流利，只是阿公和他爸爸都聽不懂，所以至今也仍然覺得他很厲害，不是笨，也沒有生病，只是不願意學了。

她也從沒看堂哥再去醫院回診過，其實如今他留在家中，也不過就是同小時候一樣多一張吃飯的嘴。

因為堂哥大她滿多歲，她對他仍聰明的時間印象並不深刻，只剩下幾個片段的印象，甚至懷疑過小時候的「聰明」其中的水分，不過也無從問起了。但是她也同樣能夠深刻的感知到長輩那些「期許」的重量，她會在過年時，看到阿公偷偷從口袋掏出厚重的紅包塞給堂哥，只有他有這樣的厚度，也就是因為這樣所以阿公才要把堂哥叫到角落偷偷給他，那臃腫的紅包袋大概是因為硬是被從中間對折，所以邊緣發皺，也磨擦出紙的一些潔白內裡，看起來像是赤裸的皮膚或者脂肪之類的東西。

後來，堂哥開始對於什麼事情都不會有什麼深層一些的反應，高興就跳來跳去，三兩步就能蹦出門外，不開心就摔東西和大叫，但好像已經不太表達關於失望、寂寞或者自卑之類的情緒了。

她其實一直好奇後來堂哥還有沒有那麼大的紅包。

為了過年，賣掉金鐲，或者到銀行領號碼牌提領出來的新鈔總是有不同的重量的。有時候也許重得能把人壓垮也說不定。

直到這時她才發現，阿公他們其實沒有什麼不能接受的，還不是會定時吃飯睡覺，他們一家的生活也沒有什麼太大的改變，天亮時就到小菜園澆水，去田裡施肥，農忙時早出晚歸，在堂哥「瘋」和「沒瘋」的時候都這樣，只是喪氣話說得更多了些。

也或許他們遇過更難熬的事情。

他們也說堂哥抗壓能力太低，明明沒有叫他做什麼就瘋了。

她自己也越來越忙，爸爸媽媽不會強迫她太常回來，只是偶有到市區辦事的時機，會先把她放到阿公家，讓她陪他們聊聊天。

而這樣的日子，堂哥都會鑽出珠簾從房間出來，然後高聲喊著過年了，過年了嗎？

堂哥很喜歡參加每個類型的喜事，喜宴、喬遷、過年甚至新店開業，每每要掛上燈籠、春聯或放煙火鞭炮的活動他都喜歡，沒人通知他，他卻都能知道、都會出現，於是左鄰右舍都知道他這習性，阿公他們並不管他，也不會有誰為了他的到場而包上紅包。

此時，原本在客廳的堂哥就彷彿想到什麼似的，大叫一聲後跑回房間，過了三五分鐘就換了一套衣服出來了。

洗得發白褪色的灰色條紋長袖 Polo 衫外套上一件薑黃色針織羊毛背心，下身則是套著一件過於長的舊西裝褲（因為那根本不是他的，大概是從他爸爸和阿公的衣櫃裡翻出來的），他也不太會繫皮帶，饒是有顆滾圓的肚子，皮帶還是鬆垮垮的掛在腰上，看起來很是滑稽。

「你要去哪裡？」她看著堂哥跨過屋前高高的木門檻有點好奇的問。

「去吃喜宴。」堂哥聽見她的聲音，又開心的回頭，想了想爾後歪頭又說，「妹妹去，要不要？妹妹一起去！」

她猶豫了一會兒還是答應了，因為實在擔心這個哥哥如今究竟有沒有辦法自己過馬路，又有點好奇他到底都去吃誰的喜宴，畢竟哥哥的同齡人目前應該也都還是大學生，應該並不是以前的同學朋友。

她於是跟著堂哥出去，正中午的鄉下柏油路沒有樹葉和高樓的庇蔭，堂哥領在前頭，在走到大路盡頭時熟稔的穿行小巷，她看到豆大的汗珠掛在哥哥黝黑的面頰與頸側，Polo 衫疲軟的領子也能看到已經被汗漬浸濕。

路邊就是綠油油的稻田，風拂過就會有一陣漂亮的綠浪。

「你真的知道我們要去哪裡嗎？」她氣喘吁吁的跟在稻子碰到稻子的背景音中問。在堂哥瘋了之後，她就不太習慣喊他哥哥，畢竟他給的回應總是像小孩子，就會覺得有點怪異。

「知道啊。」他卻全然不在乎，腳步很大很快的不斷穿過村裡的矮小紅磚房，又擠身鑽進各式刁鑽的摸乳巷裡。

她發現村子裡有好多房子早就坍塌了，紅磚和碎掉的水泥塊落在裡頭的許多人家的木質神明桌上，神明桌的木料其實是很好的，如果拿去賣也許還能賣個好價錢，不過後人大概沒有那個時間，也不知道價值，所以院子裡都是黃土和枯葉，整個村落看起來很是蕭條。

走了將近半小時，堂哥終於停下腳步，說到了。這裡確實停著不少車，來來往往的幾個人看起來也都不是村子裡的人。

走過眼前的窄徑，就是粉紅色的塑膠棚，堂哥熟門熟路的略過收禮金的那張鋪著紅布的桌子，隨手抓了兩張椅子過來，又自己拆了筷子，還招呼她也坐下來。

陽光照進粉色的塑膠棚下，讓每個人無論表情是否高興都看起來紅光滿面，很是應景。若外頭的柏油路有車揚長而過，裡頭幾乎能看到揚起來的粉塵，也能聽見刺耳的聲音。

那是離馬路很近的地方。

她左右環顧了一周，這場婚禮看起來真正高興的似乎只有剛剛落座的堂哥。他的那個座位前面的白盤子上還擺放著看起來髒兮兮的蝦殼，汁水淌了滿桌，大概是上一個客人剛走，堂哥完全不介意，從桌上拿了兩個粉色且慣會刮人的塑膠碗下來，並遞了一個給她。

而堂哥隨便選的那桌人也沒有對他們說什麼，只有一個奶奶不斷把大菜都夾到自己的塑膠袋裡。

而堂哥把手肘擱在桌面上，頭卻深深的埋下，就好像在認真的觀察自己碗內的飯菜似的。她盯著堂哥的背皺起眉頭，總覺得那不知為何因為堂哥埋下頭的動作竟高高聳起的肩胛骨看起來倒像是乳房。

她看主桌旁的幾個人努力的說著話，而新郎新娘正挨桌敬酒，穿行在埋頭吃飯的人群中，新娘的五官看著有些病態，大概是有些先天的障礙，新郎看著就是這個村子裡的人了，很典型的農村男人的長相，目測三十多歲。

她搖了搖堂哥的手臂問他：「你認識這兩個人嗎？」

堂哥卻哈哈大笑起來，他的笑聲很大，就像男人開完黃色笑話之後的那種可惡且得意的大笑，那一刻幾乎所有人的轉過頭來看他們，那麼多張泛著紅光的臉整齊劃一的轉過來其實看著很是壯觀。

她覺得很尷尬，努力的埋下頭，她沒有接過他遞過來的碗，卻也跟著坐下了，堂哥卻仍然一直大笑，直到似乎有人向來客們解釋了一句什麼，所有人才失去興趣般的轉頭回去。絕對是「那人就是個喜歡參加喜宴的瘋子」、「他經常這樣參加這個村子裡的每個喜慶的活動，不要看他」之類的話，她一邊低著頭看著桌上鋪著的紅色塑膠桌墊一邊想。

堂哥一直沒有打算離開的跡象，也並沒有開始胡吃海喝，反而意外的矜持，只挑了幾小塊肉和菜進碗中，甚至那新郎上台磕磕絆絆的說些無聊的話或者莫名其妙出現的鄉民代表出現時還會跟著鼓掌，就像他真的是這對新人的誰似的。

「你到底為什麼喜歡來這種地方啊？」她沒能忍住，壓低聲音問他。

「……因為每個人都是紅色的，每個人都很開心。」

「其實沒有人看起來很開心，我不知道這有什麼意義。」她又看了周遭一眼，然後低聲說。

「不……絕對有意義的，不可能沒有意義，一定要有意義，不然他們為什麼要來？」堂哥越說越大聲，她後悔自己開口問問題了，最後她只能說算了，也始終沒有動筷子。

堂哥執意待到喜宴的最後，甚至還迎上去和新郎新娘握手，主人家看起來並沒有太反感，但她最後還是從錢包掏了六百塊，因為沒有紅包，只能隨便遞給一個站在門口、胸上掛著紅花的婦人。

「祝你們百年好合！百年好合！珠碧……好合！」他都已經走到馬路上了，但卻還是一直興致高昂的胡亂大喊大叫，有時候還會喊幾個發音怪異的英文單字。她聽見有人在竊笑，還有人並沒有注意他們走近，只是自顧自的高聲說，你知道為什麼沒人趕走瘋子嗎？因為每個他參加的喜宴都沒有人離婚喔，每個店生意也都很好，不過那些驅逐他的主家……倒是都過得不怎麼樣。

她在一句「怎麼那麼邪門」的回應中小跑著追上堂哥，堂哥又開始自顧自的低著頭穿行那些窄道，她心卻一驚。因為她看見馬路旁那麼一大片平坦得使人反感的農田，又看到遠處慣常有的黑煙，突然想起那個白馬的故事。

「你……哥哥你有什麼魔法嗎？」她躊躇了一下，還是對剛剛那些路人的話感到很好奇，選了一個有點弱智卻足以表達意思的方式提問。

「魔法？什麼魔法？」

「就是，就是讓別人變得……幸福的魔法？或者能滿足人類那些諸如，嗯……光宗耀祖、傳宗接代之類的願望？」她越講越覺得自己好笑，又開始有些後悔最開始開了這個口了。

可是為什麼呢？她還是搞不懂為什麼那些人甚至不願在喜宴笑還要結婚。

「沒有，怎麼會有？為什麼這樣覺得？」堂哥卻又開始哈哈大笑起來，其實他大笑的聲音很容易讓人覺得不悅，因為他全身上下的贅肉都會隨著笑聲共鳴，而且他笑起來的時候那種他平常說話會有的童真會全然消失，聽起來更像個老奸巨滑的成年男人。雖然這不是他的錯就是了。

不過她卻在笑聲中想明白……也是，怎麼會有呢？若有，哥哥今天也不會變成這樣了。不過她突然覺得從三合院走出來的堂哥，他的表達能力比起屋內的他好了不只一星半點。也不知道是不是她的錯覺。

也或許就是那樣重的紅包，那樣尖銳的、晦暗不明的愛，才讓人比感受到直截的恨意更加痛苦。愛與恨似乎並不是反義詞，只是與期望和失望同樣，是產生之後就很容易變質的情緒。或許這一切其實是很像的……她想。

於是她亦不再開口，只是安靜的跟著哥哥走上回家的路。現在是下午一點多，太陽仍然大得嚇人，她身上的T恤幾乎緊黏在背上，可是穿得相當不合時宜的堂哥卻沒有喊熱，而是繼續低著頭向前走。

夏天的太陽好像也會跟著人走似的，無論走到哪裡都烈日當空，她又忘了帶陽傘，於是只能加快速度，還因為走得太快被巷尾牆角尖銳的磚頭擦傷了手肘。

此時她的手機響了起來，她低頭查看，發現是辦完事的爸爸打來的，問她去哪裡了。

「跟堂哥去喜宴，現在在回去的路上了。」她低聲說，可前頭的堂哥還是聽到了，他又笑起來，渾身的肉都在顫動。

她清楚的見汗珠從他的鬢角落到柏油路上。

手機裡的爸爸還在和她說，車已經停在門口，讓她回來就直接上來就好了。

這時堂哥擠身穿過最後一條窄巷，領著她彎回家前那條通往火葬場的大道。

「哪有什麼幸福？不是都要走到這裡來。」堂哥突然停下腳步，很認真的對她說。

她被他那認真且偏執的眼神嚇了一大跳，而且此時她已經看到爸爸的車了，於是她奮力的往車的方向跑，堂哥也沒有追上來，只是又在原地大笑。

風還是溫柔的拂過綠色稻田，只要這裡仍有人耕作一天，風就會每一天這樣吹拂，就像大海與月亮的關係同樣。她越跑越快，就像深怕被稻田、風和身後的什麼淹沒似的。

「不是又要到這裡來！每個人都要到這裡來！每個人都要往那裡去！如果不喜歡又為什麼要來！」

她渾身都起了雞皮疙瘩，連頭皮都在發麻。

直到關上車門，她都還能聽到堂哥站在幾公尺外的地方大聲說，「過完年了！什麼時候還要過年？弟弟、妹妹、叔叔都回來，什麼時候過年？」

她回頭看，就看見遠處仍有灰煙裊裊升起然後混入雲裡，堂哥還自顧自的站在柏油路上，倒不是不安全，反正這個時期本就鮮有人來，只是她恍然想起那層灰煙後的公墓裡的那些土堆，也或許那就是這裡唯一的山。

五六

如果可以，我並不想在雨季同一個新的人相遇。

因為想穿的鞋子可能擱在門欄尚未乾，因為相約見面時他可能會撐著雨傘走來，也或許還因為我實在有些討厭這樣朦朧的、使人恍惚看不清前路的天氣，而那就會成為那位無辜的新的人的第一印象，儘管天要大雨傾盆並不是他的責任。

雨天大路旁的便利商店會湧進一些沒帶傘的人，雨再大一些時座位區就會擠滿人和濕漉漉的折疊傘，身處那種逼仄擁擠時，我的朋友看見他遠遠的走來，於是朝他揮手，他在感應門前收起雨傘，超商開門的音樂聲叮叮噹噹響起來，他走進來的時候不可避免的在磁磚上留下一串腳印。

座位區只剩下我旁邊放著書包的位置了，見他似乎有意落座，我只好把濕透的書包抱在懷裡，給他騰出位置。

這時有蒼蠅隨著開門音樂飛了進來，開始惱人的繞著桌子轉，想必亦是來避雨的。

我的朋友向我介紹他，說他叫做羅，是她的國中同學。我看見他的瀏海被雨弄得糾結，手臂上的皮膚也盡是水珠，他身上帶著雨水的潮氣，書包擱在還印著油漬的桌上淌出一小灘水。

我的朋友起身說要再去買一點東西，向後推椅子時發出刺耳的聲音。

「書都濕透了吧？」我看著越來越濕的桌面忍不住問。

「應該吧，水都滲出來了。」

我覺得很好笑。聽我的朋友說他與我們在同一個補習班上課，只是因為教室太大、人太多了，他以前也沒有看過我的印象。於是我們交換了ＩＧ，他回家之後還拍了他在陽台晾書的照片給我。

雨天過後的早晨陽光通常很好，灑落在每個地方，他拍的照片裡欄杆與陽台邊的大樹掩映的光影落在書上，照片的邊緣還能看見倒吊著的書包。

在雨天裡的相遇大約就是這樣的。

像一場不得不的避雨。

那之後有時我們會相約一起去吃飯，有時其實也並不必要見面，但我討厭極了自己一個人吃飯，也不喜歡一個人在路上行走。我總覺得在路上獨身行走的人好像不能有太多表情，笑出來或者遇見什麼難過的事情都不能有太大反應，不然便會被路人側目。

所以那些看到漂亮的、悲哀的事物所有的反應是做給身邊的朋友看的嗎？我有時候會這樣想，可是目前還沒有辦法獨自一個人在路上因為看到有趣的事物而笑出聲音來。

我的朋友常常有在放學後的社團活動，於是她也經常不能陪我吃飯。其實我並不挑食，吃什麼都可以、和誰吃也都行，但除了她我在星期五找不到其他人陪我吃飯了。這時候羅正好問我，使我如獲大赦，大約只是持續了一兩次就偽裝成習慣。

他會與我聊他喜歡的電影、我喜歡的樂團、和我說他看了我推薦的書，甚至能夠分辨並回覆那些我本就是發給他看的限時動態。

其實相遇的時間並不很久，但親近是一種抽象的錯覺，有些人認識一兩個禮拜、明明沒有深入的了解卻像認識許久，我總覺得自己似乎一直在尋找定義模糊的「知己」，而那個形象日漸清晰，也或許就是他這個樣子。我們會說一些除了日常生活之外的話題，會聊很多很無聊、深思起來根本不知道有什麼對話意義的話題，這讓我一度很開心。

後來我們有時會在黃昏見面。

有時有空餘時間，我們會在吃飯前坐在公園的長椅上聊天，大部分都還是那些很無聊的話題，關於課業、關於分組作業、關於補習，原本我與他會把書包放在兩人中間，時間長了就放到兩側了。他一邊在有人騎自行車經過時說他聽不清楚我說話，一邊把書包挪到身側，我假裝沒有看見，但他故意小聲的說話，又對我笑。於是我的書包就也被放到另一邊了。

然後他從書包掏出一坨有線耳機，我看見他有些窘迫的將雜亂的線捋順，又用指腹揉了揉其中一邊之後遞給我。

「你喜歡有線耳機嗎？」我有點好奇。

他開始滔滔不絕的和我說有線耳機的好處，與無線耳機的不浪漫之處。我不太懂音質什麼的，對我而言其實也品不出什麼太大的區別，他提出的優點當中，以話語中的篇幅看音質也並不是重點，他的重點好像是情懷和時尚一類。

「所以你是喜歡有線耳機的『有線』，還是『耳機』？」

他愣住了，並說：「我聽不懂你想表達的意思。」

黃昏的公園有很多蚊子和日落時分橙色的溫暖，還有很多邊緣模糊朦朧的影子。我看著磁磚與磁磚間積滿灰塵的黑色膠條縫隙，幾乎就像自言自語一般問他，「就像喜歡小眾樂團，人喜歡的是『小眾』還是『樂團』？」

他沉默了很久，說喜歡不就只是一種感覺，把名詞和形容詞拆開來看太狡猾了，無論喜歡其中的什麼、被哪個特質吸引，都是喜歡呀。

我點點頭，也覺得自己問這樣的問題好像是刻意要刁難對方似的，可是我只是很好奇，我不知道「喜歡」是什麼。蚊子一直飛到我沒戴耳機的那邊耳朵，耳機裡他在播 Androp 的 Koi，那是首好聽的歌，我也很常聽，只是在這種情況下我實在很難把耳機裡的音樂和腦袋裡的旋律對在一起，不知道是不是只是因為那蚊子飛舞的聲音太惱人了。

後來我們便一起去吃飯，想來這其實也只是第三次與他一起吃飯，可這種不太需要技術的活動重複一兩次就會很習慣了，又一次體會到人類社交之中吃飯之必要，這讓很多事情都有了理由。

吃飯時就算不交談也至少有人坐在對面，想說話、想討論餐點、點餐時想參考他人意見（雖然不見得會聽），那至少有人能夠說說話，是誰都無所謂，那好像是一種有備無患，是抑制後天造成的寂寞的唯一解方。

我和他說起國中時，我不太喜歡黃昏。因為我曾經參加過一個行進管樂的樂團，我們總是在室外練習，大部分都在下午，冬天天暗得很快，有時練習還沒結束，天就要黑了，那時候我會把朋友的水壺藏在底下釘了個推車的老舊管鐘下，這樣水壺裡的水就不會被太陽晒燙，至少不是熱的。

還有在黃昏最接近天黑的十幾分鐘裡，風是很涼的，蚊子也很多，如果不是輪到自己的分部，坐在操場的紅跑道上，聽著銅管樂器吹著很壯闊但仔細聽有些許凌亂和破音的音樂，會覺得很悲傷，就像黑夜之後不會再有白天，或者孤身走到盛世的尾端那樣的頹唐悲傷。

我和他說，我畏懼運動會後搬著椅子回去空蕩蕩教室的時刻，畏懼和朋友一起吃飯大笑完後突然安靜下來的時刻，畏懼明明上一秒還大笑著揮手和很喜歡的朋友說再見，下一秒就要自己衝過小綠人倒數著的馬路與黑夜的時刻。

他笑了笑，說起他國中時班上的男生會毫無計劃的做任何事，在搗蛋的時候從不思考後果，隨領頭的同學指揮就盡做些不像靈長類或任何有辦法思考的生物能做出來的事情。他說完我們都笑了，尤其在他說他們班上的男生還會拿擦天花板的長拖把打電風扇，也不知道這樣他們能獲得什麼的時候。

不過吃完飯後便要理所當然的分手，畢竟我們最開始也就只是覺得一個人吃飯太孤單。

颱風天時他又拍他家門口散落的樹枝給我看，透過鏡頭，我看見一陣一陣風把雨吹得都不像雨了，更像是一道道具象的模糊，或者說，像一種界線。

我想風如果夠強大，是不是就能任性的讓雨變成自己的形狀？我就這樣思考這個無聊的問題，也拍了家裡被風吹得像裙襬一樣鼓起來的窗簾。

「從我這邊看起來是鼓起來的，但從另一邊看就凹下去了。」我傳完影片後又寫了這段話給他，看起來沒頭沒尾的，很理所當然也很莫名其妙，我也知道，可是我就是想這樣說。

「這種東西有凸起就會有凹陷，很正常吧？」他只是這樣回我。

外頭還在下著雨，很多雨爭先恐後的從排水管落到地上，也許是因為太倉促了，以至於我不斷聽見好像水被摔碎的聲音，也像手掌落到皮肉上的聲音。

後來颱風走了，風雨也停歇了。他在一次見面的時候和我說，他好像喜歡我，如果我沒有算錯的話，那是我們相遇後的第五個或者第六個禮拜。

那瞬間他好像正在逐漸變得清晰的「朋友」或者「知己」的形象突然塌陷，開始變得模糊，變得像是梅雨季那種溫吞的、帶著霉味的小雨，我不太知道該怎麼回答，最後問他，你覺得喜歡是什麼呀？

「……喜歡是一種感覺。」

我記得他好像以前就說過這句話，可是我每次都想要追根究柢的去問，也或許我本身就是一個很無聊的人。我想從他身上看到我，看到一些除了因為俗爛八卦大笑之外的瞬間，可是那很自私，我也知道。

我是個很壞的人啊，又自私、又尖銳，擅長對熟悉的人說的話皺眉，與人越熟悉就越厭倦、越想後退，也討厭喜歡我的人。我想如果我是另一個人，我絕對不會喜歡上自己。所以我只是弄不明白，羅到底喜歡著什麼？

我想過喜歡是什麼這個問題。是不是像一道光源？也許從人臉的側面打過來，於是便會喜歡上那漂亮的、凌厲的側臉輪廓。可是人是立體的人，有凸出的地方、就有凹陷的地方，如果那光源是閃爍不定、撲朔迷離的（我是這樣覺得的），那從中獲得的每個感覺也都是不穩定的。

雖然在這五六個禮拜的相識追求穩定或不穩定本身好像也很多餘。後來我和羅就沒有聯繫了。

我一直覺得，每認識一個人就像一株新的藤蔓從四肢蔓生，有些人停在指尖，有些人攀附到手肘，有些人揪住心臟。可是藤蔓從源頭失去生命的時候並不會馬上消失，他們依然要纏在軀幹上慢慢枯萎，直到有一天枯萎到盡頭才脫落。

那太麻煩、太痛苦了，如果知道有一天會這樣，那我寧願他從來沒有長出來過。

因為就算只到指尖，在生長與剝落之際，也仍然會持續不斷的發癢，胸腔的骨頭之間又抓撓不得。

也或許是因為我實在很不擅長和一個人經營一段關係——我是指任何關係。我一直在想，饒是作為一個朋友而言，我應該也算是很壞很壞的朋友，很容易對別人產生興趣，很需要人陪我走路、陪我吃飯，可是卻又常常保持著懷疑，我知道這樣不夠厚道，可是那些東西幾乎就像本能反應一樣，就像捕蠅草之類又醜又狡猾的生物，但那就是我的生活方式。

我也不明白我在猜忌什麼，其實我身上好像也並沒有什麼需要擔心被別人偷走的東西。也許那也同樣適用於那與光源相關的理論，我就像在擔心隨時被人丟下似的一般於是先丟下別人。

所以我說我討厭在雨季遇見任何新的人。我討厭那種朦朧、模糊、不明所以。但那興許不是任何人的錯，也可能我討厭的一直都是自己在這種季節對他人的態度。

我的朋友不知道為什麼，逐漸不在放學後的社團時間留下來練習了，於是我們又可以一起吃飯。至少對這件事，尤其是她與羅之間恰好沒有交接的縫隙這點我是覺得很慶幸的。

「所以你是覺得他不夠了解你，還是你覺得你不夠了解他？」她坐在一碗熱騰騰的湯麵後這樣問我。

「……不知道，都有吧。」我看她的臉在那蒸氣後也變得有點扭曲。

「還是你對他不夠了解你就說喜歡你這件事感到生氣？」

「我就說我不知道了……」我發現自己也是一個很矛盾的人，這時候反倒又討厭別人追根究柢了，「你和你的前男友交往的時候，不是也只認識一兩個月嗎？你為什麼有辦法在一兩個月裡確定自己喜歡他？」

「……因為那時候我覺得我們很熟了，他那時候也對我很好。」我的朋友回想了一下，「當然我後來很後悔啦。」

「開學一兩個月你甚至來不及把慢慢變成好朋友的同學拉進摯友裡，為什麼有辦法那麼快和一個陌生的男的建立關係？甚至和他牽手、接吻？」

她點了一下頭，又笑了，低聲說了一句「那不一樣」，然後又匆匆的說這就不要問我哪裡不一樣了。

我沉默了一會兒之後問她，「是說，你有沒有看過一個影片，他說買公寓很不划算，因為你買的牆壁是別人的天花板，你的地板是別人的天花板，你的右牆是別人的左牆什麼的……所以你最後只買到了一個空間，一房間長方形的空氣。」

「……聽起來很智障。」

「是呀，我看到的時候也這樣覺得。可是想了一下又覺得好像有點悲傷，而且世界大部分的事情深究起來也都感覺很智障、很悲傷不是嗎？你身上的很多特質也都與他人接壤，那些代表你的東西，班級、姓名、座號、工作、性別、地址，那些都不是你，都是建立在別人身上的東西，但你要證明你是你的時候卻只能仰賴這些，不然怎麼解釋你是誰。所以我們是不是也只是像那個『空間』？」

我的朋友搖了搖頭，看起來原先想要反駁我，但又覺得太無聊了似的，就沒有再開口。直到要離開時，她才和我說，她覺得我很奇怪。

「只是有時候這個世界就是這樣的。你不可以覺得那些理所當然的事情莫名其妙，你除了接受別無他法。」

我覺得她這個講法很故作老成，有點討厭，而且哪裡有什麼事情是「就是這樣的」，但我不能再失去陪我吃飯的人，所以我什麼都沒有說。

也或許一直以來，我只是沒辦法接受人除了有血緣關係的親人之外建立的所有關係，都好像泡麵的調料包一樣，只是粉溶於水。有幾次見面，在很有限的一群人中挑選幾個人成為摯友、成為愛侶，甚至成為親人，如果不是這群人，換成另一群人，也還是能挑選出朋友與愛人，也許會過上有些不一樣的生活，但其實大差不差的，就好像泡麵的湯，明明只是乾巴巴的調味粉溶解了……可是我大部分的時候卻喝不出來與精心燉煮的湯有什麼區別，然後一邊震驚，一邊喝完。

可能是我的舌頭和心都太鈍了，可是我親愛的朋友說她不懂這有什麼值得害怕和沒有辦法接受的。

也是，畢竟這個世界就是這樣，你不可以覺得那些理所當然的事情「莫名其妙」。吃完飯走出去的時候，餐廳外頭也仍在下雨。下那種惱人的細雨，沒有水被摔碎的聲音。

我有點後悔方才說了那麼多，覺得自己好像奮力的想證明什麼根本沒必要證明的思考，想表現什麼並不需要表現的東西。

我的朋友打了傘走進雨中，我摸了半天才發現又忘記帶傘，於是幾步追上她，雖然等走到補習班，又必定要濕半個肩頭。

# 白腳底黑貓

她看見一隻黑貓從雨中的夜的深深處對著她哀叫。

她記得那天的夜裡空氣仍然很悶熱，汗好像堵住每個毛孔，鞋襪都濕透了，她覺得自己好像被保鮮膜包裹著，雨卻還是能夠打濕她的瀏海。那隻貓就在水溝蓋上的塑膠袋裡掙動了幾下，雨也蔓延進去塑膠袋裡，她聽著水溝裡翻騰的水聲，無端的覺得是不是貓要被淹死了。

她皺眉，還是彎下身來，摸了摸牠的臉頰。

「你沒地方去嗎？」她摸了摸貓糾結骯髒的皮毛，低聲問牠。貓沒有回答，在一輛開著大燈的車朝這裡駛來時她發現這隻貓是一隻白腳底的黑貓。貓又露出四顆尖牙聒噪的在夜裡對她小聲的尖叫，那個聲音聽起來有些悲哀的沙啞，於是她很輕易的心軟了。

「房東說不能養貓。」想把它帶回去的時候姐姐站在門口低聲和她說。生鏽的鐵門打開會發出讓人牙酸的聲音，貓有點不安，在她的懷裡掙扎，讓她沒有站穩，準備進門時不小心就撞上鐵門。

鐵鏽蹭上她的袖口，也有一些落到地上，門再拖著地毯稍稍移動，就變成紅棕色的積線。

她垂著眼睛說她知道，她聽見自己這樣說。貓尖銳的爪子鉤進她的衣服裡，好像抓傷了胸口。還是想把牠留下來，也替牠取了名字，叫做骷髏。

姐姐看著她沉默很久，最後還是沒有說什麼。

她和姐姐在半年前從家裡搬出來，那時候她姐姐高二，她國三。不是因為叛逆或青春期這樣的原因，只是那個家裡好像真的沒有她們的空餘位置了。

後來她和姐姐也沒有繼續上學，只因為升上高職的美髮科系之後要買一顆假人頭，三千塊，她聽了同學提了一句，最後就決定不再去了。當然她想也不只是因為這個……也有別的、還有很多，一個月前的她趴在床上玩手機的時候沒有回頭，只是看著枕頭和聽聲音似乎是站在門口的姐姐說學校很無聊，不想再去了，這樣以後也可以排更多班。

雖然現在飲料店的工作也被開除了。

她對於國中時期的印象大約是青白的燈照在廚房邊的餐桌上，她每每翻開課本一會兒，卻什麼都看不進去也看不懂，聽著媽媽在陽台和新的男朋友說些膩味的話。爾後她會拿出手機，或者拿著洗衣籃到夜風裡晾衣服，然後發愣的看著風偶然灌進寬大的T恤之中，衣襬揚起來。

她好像有很多理由走到如今這步田地。她不知道自己為什麼要把骷髏帶回家。可能是因為夜色真的太黯淡，暗到牠好像要消失在雨中。牠被裝在黑色塑膠袋裡丟在水溝蓋旁邊，甚至沒有被扔在旁邊的破舊鞋墊大，卻在有人經過的時候會發出像鳥叫聲一樣的哀鳴。牠黑色的身體上甚至有白色的蛆在蠕動，眼睛也被糊著。那瞬間她突然覺得有些荒謬，原來那麼小的身體也能夠被什麼其他的生物給寄生。蛆是覺得那隻髒兮兮的小貓溫暖嗎？或者因為相較起來身形巨大，所以在那上頭生活會很安心嗎？

水溝蓋蒸起一股臭味，她知道她沒有能力養牠。因為她剛剛被飲料店開除，原本還算和善的店長在偶然聽見她和同事說她月經遲來許久後就開始百般刁難，一下要沒機車駕照的她去送外送訂單，一下出了很多配方的題目要她立刻背下來，或者用遲到幾分鐘或精神不好等等理由而扣薪水。她忍無可忍，只好辭職。

離開的那一天，她為自己做了最後一杯手搖，洩憤式的加了很多糖漿，看著透明的人工糖漿沖進僅僅一杯底的奶茶裡，其他什麼也沒加，她突然覺得悲從中來，幾乎要流下眼淚。

好像要被廉價的糖漿淹沒了。

於是現在的每一天，她都躺在床上，彷彿要被租屋處安靜的空氣壓死。她會覺得好像不能繼續這樣無聊下去了，不能繼續這樣虛度下去了，她的所有同學現在全都在學校，每個人都要拋下她向前跑，很快他們就都會高中畢業、大學畢業，只有自己還躺在這裡，可是還能夠做什麼？沒什麼使用痕跡的書包還扔在床邊，這個房間也沒有書桌，她努力從床上爬起來幾秒之後就像陷入泥沼，濕泥慢慢攀上她的腳踝，床上的時間昏昏沉沉，很快又要墜回原處。

此前她有過幾個前男友，她有時候會在同他們相處的時候，覺得自己似乎在尋找什麼。她不太確定自己在找的到底是什麼東西，但在那個過程中，她很常感到幸福，她會在對方低下頭與她說話時，覺得自己也被好好對待了，也值得被愛，雖然最後每次都會失望。直到現在，她還是不知道自己究竟在尋找什麼，卻總是過程中予取予求，她控制不住自己一步一步後退，並且不擅長拒絕別人，每每就半推半就的做到最後。

在和最後一個男朋友分手的後面幾個月，她的月經都沒有來。她不敢和任何人說，她希望只是因為自己年紀不大，月經的週期本來就不穩定，偶爾感受到腹部絞痛時，她連心臟都在顫抖，只能一遍又一遍的說服自己，只是最近太晚睡了，只是壓力大了，只是身體不好。

不過也或許就是因為她還太年輕，就在她站在提款機前提領裡頭最後一筆薪水時，她感覺到她的月經又重新來了。

紅色的潮水就像突如其來的雷陣雨，落在沒有人帶了傘的狼狽通勤途中。不安的濕潤幾乎也要淹沒她，她捏著薄薄的鈔票跑回租屋處。看到通紅濕透的內褲不知道該說什麼才好，她平時就經常有血塊，可是也許是心理作用，她覺得那天的血塊更像一種碎片。最後只好偷拿了姐姐放在廁所裡的衛生棉。

「也許從一開始就只是月經失調。」換完內褲之後她靠在床頭抱著骷髏這樣想，也許她本來就沒有那麼倒楣。

「可是那又怎樣？」她又想，有什麼差別嗎？有過或從沒有的差別能夠改變什麼嗎？她又想到自己把糖漿擠進紙杯裡的聲音，就像一種必要的排泄，而其中又究竟有沒有什麼意義。

骷髏發出呼嚕嚕的聲音，伸出舌頭舔舐著她的衣服，不斷的在她腿上的毛毯上踩踏，半瞇眼睛就像很舒服的樣子。她查過，這樣的動作好像叫做踩奶，未斷奶的小貓都會這樣的，這樣可以讓貓媽媽出奶，也會讓小貓安心。牠不斷的踩她的肚子，又發出吸吮的聲音，白色的鬍鬚因為動作而搖動。她只好摸了摸牠的頭，又抽了一張衛生紙幫牠擦累積了許多油脂與分泌物、髒兮兮的耳朵。

然後骷髏在那天晚上，把後腿抬到脖子上，一如往常的替自己舔毛。

牠從下腹向下，一路用舌頭舔到生殖器，牠瞇著眼睛舔舐那個濕漉漉的紅色小三角形，她被嚇了一跳，她不知道貓的那裡長那個樣子。又想，骷髏竟然是公貓（雖然她早就知道，卻又再次體會）。這個認知給她的感覺並不好，牠竟然是一隻有「陰莖」的貓。

骷髏的名字來自她不久前看的日劇，男主角的黑貓聽發音似乎叫做「kuro」，所以她這樣叫牠，就跟她自己的名字來得一樣隨便。雖然姐姐說這個發音和這隻貓的顏色都很不吉利，而且房東說不能養寵物，自從她被開除之後生活費更是吃緊，骷髏的個性也並不太親人，姐姐一直想要讓她把貓丟出去。

最近姐姐也找到理由。因為沙發一直沒來由的逐漸發臭，過了幾天，臭味還是不斷加劇，他們才在沙發上的坐墊發現骷髏似乎在那裡尿尿了。她不知道該怎麼辦，只能邊道歉邊把坐墊拿去洗。又上網查了「貓咪亂尿尿該怎麼辦」。

網路上說，只能觀察，如果太頻繁的話需要帶去看醫生。不過如果是公貓，也有可能是因為長大了，所以開始發情，在做領地標記，要避免的話需要去結紮。

七千塊、四千塊、三千五，她在Google地圖裡的寵物醫院一條一條看結紮的價格，最後偷偷祈禱這只是意外事件，也許只是因為她太久沒有清貓砂盆，所以骷髏不願意進去。

她把坐墊拿到陽台上吹風，本來就休學了，被開除後就什麼事都沒有了。她於是鎮日插著充電線玩手機，這幾天在看論壇的時候，才發現她給骷髏吃的一直是最低等的貓糧，也不知道網路上的言論是不是誇大其辭，不斷的在說調味太重，吃久了有可能會腎衰竭等等。可是她把那個人推薦的品牌複製到購物軟體上查，卻發現一包就要她目前所剩無幾的存款的五分之一，卻只夠骷髏吃一個半月。

房間的燈管其實早該換了，總感覺一閃一閃的，又很昏暗。她發出聲音想要骷髏過來，可是牠卻仍然在遠處踱步，好像轉頭看了她一眼，又邁著步子離開。牠有很漂亮的黑色皮毛，每次牠在撒嬌，精緻的白色鬍鬚就跟著動作一晃一晃，亮晶晶的褐黃色眼睛偶爾會抬起來看她。骷髏真的是一隻很漂亮也很可愛的貓，每次她看牠的眼睛總會心軟，又捨不得離開牠。

她也喜歡聞骷髏的皮毛，其實有時候有點臭的。但只有她把臉埋在那上面的時候，她才沒有那種靈魂與身體的卡榫鬆脫的感覺，她會在那隱約的臭味中感到活著。不過後來，聞骷髏的味道變得沒有那麼有用了，她開始會咬牠後頸那一塊比較厚的肉，享受自己的牙齒陷入皮肉的感覺，在這時候骷髏會從喉嚨發出有一點含糊的聲音。不知道是不是覺得痛苦。

她越來越常咬牠，有時候骷髏也會轉過頭來對她伸出爪子，可是她覺得無所謂，真的無所謂，貓抓傷的疼痛只會持續幾十秒，很快身體就會習慣。可是咬貓她可以緩解很多焦慮和痛苦，是很划算的交易。她一團糟的人生好像不能沒有骷髏了。

可是骷髏卻繼續亂尿尿。

她又看到牠濕漉漉的陰莖。

窗簾、牆壁，甚至是她和姐姐的床，那種騷臭味就像一種縈繞不去的噩夢，她每次都馬上道歉，然後地毯式的搜索這次的災區又在哪裡，卻不容易能找到，骷髏總是會尿在很隱蔽的地方。姐姐有時候也會幫忙找，不過她也看得出來每一次疊加的力不從心。

有一天她去買了便當回來，到房間時又聞到那股熟悉的臭味，骷髏尿在她的被子上，清完被子、打開窗戶之後味道卻沒有散去，她四處尋找，才發現骷髏還尿在她許久沒有用的書包之上。

有一些書本上的黃漬也乾掉了，骷髏翹著尾巴走來走去，仍然睜著一雙漂亮的黃色眼睛。她把牠抓起來，把臉埋在牠的脖頸處流眼淚，「你要我把書包丟掉嗎？反正留著也沒有用了是嗎？」

骷髏沒有回答。

她終於脫力，靠在床上一下又一下拍打骷髏的側腹，貓咪的身體發出帶著一點空洞回響的聲音，就像一顆很劣質的皮鼓，「你不要到處尿尿了好不好？你想要我把你丟掉嗎？你想去外面流浪嗎？」

就像我一樣嗎？雖然骷髏聽不懂，不過這句話她還是沒有說出來。

最後她真的把書包丟掉了，什麼美容概論、人體生物學全部丟掉，晚上卻又把骷髏抱到腿上，有一搭沒一搭的梳理牠的毛髮。那股尿騷味還是一直縈繞在她的鼻間，也不知道是真的沒有清洗乾淨，還是只是心理作用。

骷髏卻又自顧自的開始踩奶，牠漸漸變得臃腫的身體坐在她的肚子上，然後瞇著眼睛很陶醉的伸出純白色爪子踩踏。每踩一下，牠就要把指甲伸出來一次，這個動作會把衣服勾壞，平常她會制止牠的，可是今天她卻不想這麼做了。

於是牠的爪子真的刺破她的衣服，一下又一下，就像反覆的凌遲，牠踩踏著她的乳房，她卻恍然意識到，如果當初確實懷孕了的話，現在好像已經要生了。骷髏還在閉著眼睛踩踏，她彷彿看到濁白的乳汁從自己乳房汩汩流出，彷彿看到那個不知是否存在過的嬰靈。胸部被踩踏的痛覺不斷刺激她的大腦，不過她一直沒有推開牠，卻又流下眼淚。

最後一次骷髏尿在姐姐的手機上，姐姐和她說房東來收房租的時候看到貓砂盆了。

「而且你沒有錢帶牠去結紮吧。」姐姐又說，骷髏卻好像察覺到什麼似的，反常的在談話中的兩人腳邊磨蹭。

她和姐姐一起把骷髏抓到之前撿到牠的水溝附近。她抬起頭來，看到就在水溝的對面，有一間診所，她想，如果那個素未謀面的醫生看到骷髏的話，會不會把牠撿回去呢。醫生那麼有錢，或者路過的律師、警察、老師一類都可以，牠一定可以吃到更好的飼料，可以去結紮，不會再被丟掉了。不過為什麼她不能也是他們的小孩呢？

她想著這個無聊的問題一路走回去，又決定到下一間飲料店投履歷。隔天晚上，上大夜班的鄰居和姐姐說，昨天他看到一隻黑貓在抓他們家的門，是不是他們家的貓走丟了。

「不過也好。」姐姐轉述鄰居的話，「這裡隔音太差了，早上睡覺的時候總是聽到牠在叫。」

她聞言安靜了很久，突然又回想起最後一個晚上骷髏踩踏她胸部的光景，想起那杯糖漿，想起她撿到骷髏的那個雨夜，想到汽車旅館剝落的天花板油漆。然後恍惚間似乎又聽見姐姐說，聽說黑貓和白腳底的貓都是不祥的象徵。

姐姐說完就去倒垃圾了，卻被門口擺放著要拿去扔的充當貓砂盆的臉盆絆了一下，垃圾袋掉在地上，繩結鬆開，甜混雜酸腐的食物味道蔓延出來。

她別過眼睛，頓了頓才起身去幫忙收拾。她又開始暗暗的希望骷髏真的會被醫生撿到。可以去吃一包六百塊的飼料，也許還會有很多她買不起的玩具、潔牙餅乾和罐頭。那樣牠一定會更幸福，也不會腎衰竭。

此時放在租屋處的手機螢幕孤零零的亮起一瞬，是交友軟體認識的男生發來的訊息。現在在做什麼呢、要不要出來見面、我現在好無聊呀，總歸都是這樣的。不過她暫時還沒有看見。

蹲在門邊，她終於把地上的食物殘骸和垃圾拾起，姐姐下樓去扔垃圾了。而她一抬頭卻看到今晚的夜色就像她撿到骷髏的那個晚上那般黑，就像要把人吞沒似的。

那瞬間，她彷彿又聽到骷髏的悲鳴在她耳邊響起，直到厚重的鐵門被風吹得關上了，她才意識到那只是生鏽的門軸被風推著摩擦發出的聲音。

# 工讀生

他是在國中同學的限時動態上看到的徵人廣告。

工作地點就在離家騎車二十分鐘路程的休閒牧場，小時候家人經常帶他去，裡頭有牛、鴨子、鴿子和馬一類的動物，不過他已經很久沒有去過了，印象中腹地是很大的。

他今年大學畢業，畢業後就先回了家，原本想著只是休息一下，順便修改履歷，最後就莫名其妙的待了三個月，履歷也只寫到一半。

那樣的日子是很重複的，甚至他躺著、閉上眼睛的時候，是很能夠預料到接下來一整天自己會走到哪兒，又會停在哪兒，也很沒意思。人確實是很麻煩的生物，看不見未來的時候覺得著急茫然，覺得眼前一片迷霧，可真正看見了，無論長短的未來，卻又常常覺得無趣、沒意思了。這種焦慮很煩人的，他對自己深刻知道接下來的每一刻會出現什麼事情而感到憤恨，他想在這樣的日子裡，他唯一無法預測的是下一個短影音大數據會推給他什麼樣的內容，所以他願意繼續看下去，外放著聲音看好幾個小時，雖然他總是不記得自己幾秒前究竟看了什麼。

當然他沒有很想工作，不過待在家裡被唸得煩了，也過得很膩，於是在看到那個廣告時，他便私訊了朋友，問他詳細的工作內容和薪資待遇。聽聞只要幫忙打掃環境、處理一些牧場的瑣事就好了，雖然薪資不算太高，但勝在離家很近，如果有人介紹又不需要履歷，於是他便決定應徵。

雖然在私訊同學的過程中，他一直在想為什麼自己要是一個「人」。當人太麻煩了，躺著會有罪惡感，做事會累，安靜會無聊，社交又很令人疲憊。

第一天工作的早上，他沿著山道騎著機車，總覺得路旁的許多建築與標誌，都比自己記憶中得小了許多。經過道路旁同樣意外矮小的土地公廟時，他因為覺得它小得太過驚奇，還停機車湊上前看了。不過沒幾秒又跨回車上，天氣實在太熱了，上班果然連通勤的過程都使人痛苦。好像總歸沒有什麼舒服的生活方式。還不如被圈養的動物舒服。

要是人的每一天不會永遠都這樣重複就好了，在離開廟之前他這樣想。

這個夏天熱得令人髮指，待停了車之後坐墊與安全帽都發燙得無法長久的觸碰。他把安全帽收好，牧場建在一個小山坡上，此處距離牧場還有一大段台階。

那石階之間多有青苔，兩旁的花盆內亦是雜草叢生，頂上的遮陽棚看起來也很破舊，地上還四散著一些塑膠碎片。他就這樣踏著自己和很多陌生的人許多年前的足跡拾級而上，終於走到牧場的門口。

先去找了負責人和以前的同學交接了一下工作，就可以開始了。牧場裡散漫著草的腥味和動物皮毛的悶臭味，一整天他學會使用刷子刷洗帶著動物排泄物髒汙的水泥地，把那汙水推進水溝裡，看它們被地面的弧度弄得彎曲再流進排水溝裡時，他竟然覺得意外的痛快。

一個禮拜左右，他就習慣了在早上七點起床，洗漱、換完衣服就騎車到牧場工作。牧場的人潮比起他記憶中的樣子少了許多，就算是暑假也不再有那麼多親子一同前來，偶有幼稚園或補習班帶著浩浩蕩蕩的小孩成群出現，然後就能看見老師帶著小孩停在欄杆或動物前，然後小孩就會發出此起彼落且有些混水摸魚的英文單字的聲音。

這樣的日子也算是很重複的，但至少比在家裡好一些，至少還有些外來的刺激。

這天，牧場的天空是清透乾淨的藍色，萬里無雲的時候天氣自然是很熱的。

昨天他學會打冰淇淋了，只不過牧場的冰淇淋不知什麼原因，融化極快，經常他還沒遞出去，就已經看到邊緣開始融化。滴下的甜膩汁水落在小攤的木棧板上，他有點懶得彎下腰清掃，總用鞋底把痕跡抹開，權當清理過了。

同事的小孩趴在冰箱上看平板，短影音裡的罐頭笑聲時不時響起，他覺得有點頭暈，手上的手機大概因為外頭的天氣和他已經玩了一段時間而變得燙手，他只好把手機擱下，開始看著天空發呆。

今天又有一個補習班帶了大約四五十個國小小孩來，他們穿著統一的、刺眼的螢光色衣服，一出現就四散各個不同的區域，這個年紀的小孩聲音總是很尖銳，好像也把乾淨的天空攪得渾濁。當他看見一個綁辮子的小孩正伸手穿過欄杆拍打被綁在一旁的馬匹時，只好放下手機去制止，類似這樣的事情層出不窮，他制止了兩三次就放棄了，反正也不在他的工作職責內。

這個夏天的熱氣會熨進鞋底，櫃檯的同事看小孩都沒什麼消費能力，就讓他去其他區域幫忙。

老闆見他過來，又開始抱怨最近生意越來越差，大約是因為ＡＩ浪潮，和少子化，又要被迫轉型。他不知道牧場人潮漸少和ＡＩ有什麼關係，不過老闆就是喜歡說些故弄玄虛的話，牽扯些沒什麼關聯的名詞就要滔滔不絕很久，他低著頭聽著，最後老闆要他穿上毛茸茸的玩偶裝去碰碰車區看能不能多招攬些小孩。

他抹了抹脖子上的汗水，想原來穿上玩偶裝就是轉型。老闆說玩偶裝放在位於供孩子們追逐的草地邊緣的倉庫裡，他只好自己跨過那一大片草地去拿，綠地都被烈日晒得很乾燥，踩下去的感覺就像真正踩斷了草，還有一些細小的白蟲子在腳步間跳躍。

倉庫有一股陳年的霉味，玩偶裝也是，倉庫有兩套截然不同的，不過都套在已經脆化的大黑色垃圾袋裡，他把兩套都從垃圾袋裡抖出來。一套是卡通風格的螢光粉紅兔子，另一套則是很仿真的黑熊。

他彎下腰，用鼻子去嗅那兩套，覺得還是螢光兔子更臭、更厚一些，於是把黑熊玩偶裝拖到陽光下的那片草地，想著曬十分鐘也是曬，至少讓那霉味稍稍散一些。

草地暫時沒有人，想來那些小孩也不算完全失去理智，誰會想要在正中午到草地上來瘋跑。根本得不到樂趣，搞不好還會被曬得脫一層皮。他躺在熾熱的草地上，用身體捂涼了一小塊草皮，陽光落在他的臉上，他瞇起眼睛看太陽，太陽好像變成一個巨大的放射狀光點，天空也像一張被菸頭燙壞的紙。

身旁的聲音漸漸變得遠了，他隱隱聽見老闆在遠處喊他把玩偶裝穿上，他一邊無奈的把自己套入那陳年的汗垢與灰塵之中，一邊想，該死的轉型原來是這樣嗎？

不覺得這些努力……能說是努力嗎？根本就只是在悲哀的基調上雪上加霜，能改變什麼嗎？那些弱小的掙動不會改變命運的節奏，成與敗不就只是有沒有乘上那股風潮、那次景氣。他憤憤的穿上那厚重的布偶裝，沒有人替他拉上背後的拉鍊，他也樂得如此，至少有地方能夠稍微透氣。

彎下腰擠壓腹部的布料去拿起那頭套時他感到最為屈辱，套上頭套前他深吸了一口氣，可卻還是在套上之後劇烈的咳嗽起來，他想他剛剛清理完頭套裡的蜘蛛網後是該把頭套翻過來甩一甩的，雖然不知道有沒有用就是了。

雖然五分鐘後他熱得頭昏眼花，不過至少是習慣了一些，然後他搖搖晃晃的走到碰碰車區，期間不斷想著自己視線看出去的地方是熊的嘴巴，又覺得有點詭異的幽默感。

他很快就覺得老闆是不是提這個要求本來就只是想整他，畢竟炎炎烈日，沒有人過來這個區域，就算他穿著玩偶裝在這裡，也不會有什麼改變。

他於是蹲在碰碰車旁的花圃邊，看蜘蛛結網。那細細的腿支撐牠一圈一圈移動，隔著頭套，他看不太清楚蜘蛛網的紋路，只能偶爾從風吹來，網照到陽光造成的反光中判斷那網確實一直在變堅固。

他很無聊的想，蜘蛛是如何確認一張網夠大而決定停下呢？還是永遠不會有這樣一天，牠就不斷的織網然後修補，修補然後織下一張網直到永遠。

餘光見老闆似乎走開了，他早已被熱得幾乎窒息，又見周遭仍然沒有人，就想先把頭套摘下來喘口氣。

於是他用同樣毛茸茸的手掌抵在頭套之下，試圖將頭套撐起，原本認為並不是太困難的動作，卻不知道為什麼，怎麼都沒有辦法達成。

他餘光中看見有鴿子飛過來他身邊，轉了幾圈後扇著翅膀站在花圃邊緣，翅膀揮過剛剛蜘蛛織網的地方。

在悶熱的窒息感下，他變得著急起來。他嘗試彎下腰（雖然因為腹部那鼓鼓的棉花填充物的存在而收效甚微），可饒是低下頭也沒有辦法把頭套甩掉，他覺得有些挫敗，又覺得很莫名其妙。頭套與身體的部分是分開的，並沒有拉鍊或鈕扣連結，照理來說並不會有弄不下來的問題。

他從頭套的嘴巴位置看那一片黃綠色的草地，對著悶熱的景色發呆了一陣，爾後突然驚悚的發現身後那他沒拉起拉鍊的縫隙，竟然不知從何時起，一點風都沒再吹進來了。

雖然向後看的動作對對他而言已很是吃力，但他還是努力回過頭來，可本該透進些光亮的拉鍊縫隙，卻是真的實實在在的消失了。

他的心跳幾乎停了一拍，又覺得是不是自己熱昏頭了，沒看清楚，可他再一次艱難的轉頭去看，結果還是同樣的。那道縫隙確實是消失了。

他於是決定去攤販那兒找同事幫忙。

運動鞋踏在玩偶裝裡的行走有些費力，他踏過草地與紅磚走到攤販區時同事卻不見蹤影，那群小孩正愁沒有人打冰淇淋，老師見他出現，便問他是不是工作人員、能不能幫忙打。

「可是我出不來。」他有點茫然的說，「你能把我從裡面弄出來的話就可以。」

身材矮小的女老師看起來有點困惑，但還是伸手想替他摘下頭套，用力了許久之後卻無果。

「這之間有拉鍊什麼的嗎？」老師問他，他原本想搖頭，搖了之後才發現沒人看得見，又開口說應該沒有。

「頭與衣服的連接處沒有，但後面應該有一道拉鏈的。」身邊的小孩們見老師沒空管他們，又聒噪的亂跑起來，不過他們的老師還是決定先處理完他的衣服。

「沒有拉鍊啊……至少我沒看到。」

他能感覺到有一雙手觸碰自己的肩膀，像在查看頭套與玩偶裝的接縫，可是他好像也能感覺到她在碰觸縫隙，指尖探不進來，但他確實感覺到了。

在意識到這個的瞬間，一股恐怖從他的大腦傳遞到手腳，他故作鎮定的和老師說自己去研究一下，弄好再來幫他們，跌跌撞撞的走進手作教室前，他與顧攤位的同事擦肩而過，那人應該沒認出來玩偶裝之後是他，古怪的看了他一眼。

行走的期間，他被自己絆了一下，腳步踉蹌，最後狼狽的摔到地上。隔著衣服，他能感覺到地板的溫度也非常高。手肘用力的撞上地面，那尖銳鮮明的疼痛讓他稍微安心了一些，他想至少那皮底下仍是人類相對纖細的手骨。

不過就當他想爬起身時，卻發覺自己好像很難直起身子來，不是站不起來，只是相當吃力，膝蓋彷彿承受過大重量似的。所幸這裡離手作教室僅幾步之遙，於是他手腳並用的爬過去，在玻璃門外，他看見老闆在那裡頭，於是他激動的想站直身子，想推開門進去時頭卻意外用力的撞上門楣，只是大概因為那厚重布料的緩衝，並沒有發出太大的聲音。

老闆就在手作教室裡，一開始沒注意到他進來了，連頭都沒抬起來。教室裡有一台掛在牆角的電視，有時有ＤＩＹ課程時，會重複放解析度極低、不知道幾十年前錄的示範影片。如今那電視裡正在放新聞頻道，老闆在邊聽新聞的聲音邊玩手機。

他來只是想和對方說，自己好像被困在玩偶裝裡了，無論如何都掙脫不出來，卻只能發出了痛苦的呻吟。

他還是艱難的想要說話，雖然聲音很嘶啞，全都卡在喉頭，不過他想，若對方認真聽的話應該能夠分辨出來。

然後他看見老闆的手機掉在地上，似乎是被他嚇了一大跳，他以為他會走過來嘗試幫他，可是老闆卻顫抖著試圖撿起地上的手機，手卻抖得完全撿不起來，最後他放棄了，直接衝出門外。

「有熊！為什麼有熊？這裡為什麼有熊？」

他聽見老闆在門外尖叫。

他頓時覺得好笑，若是他人就罷了，不就是他要自己穿上那玩偶裝的嗎？為什麼會認不出來？

他於是也想走出去，可待他爬到門邊，又不想把門推開了。他聽到那女老師似乎困惑的和老闆說不是只是一個穿著黑熊玩偶裝的員工嗎？她剛剛還與之對話了，可她走到門邊，一見他從手作教室的玻璃門映出來的模樣就安靜了一秒，隨後尖叫聲此起彼落。

他不明所以，就算這衣服脫不下來，也不至於仿真得使人四處逃竄，畢竟是那麼劣質的。不過沒幾秒他眼前的所有人都跑得不見蹤影了，他看見一個好奇跟過來看的小孩的冰淇淋掉在磚頭路上，然後在太陽與地板溫度的夾擊下慢慢化成了奶油水。

廉價的奶油就這樣流進磚頭縫隙之中，淹進土壤與草根。那些吵雜的尖叫聲就慢慢消失在牧場裡了，他聽見一點點雜音從停車場的方向而來，又聽見引擎發出的聲音。

他以前明明聽不見這些。

他恍然意識過來，跌跌撞撞的衝出門，然後進教室旁的洗手間，定睛一看，鏡子裡的東西看起來就是一頭貨真價實的黑熊。那廉價的塑膠熊眼睛變得像是黑色的玻璃珠，那原先是供視線向外望的嘴巴竟也長出細密堅固的牙齒。

他心中頓時湧現一股荒謬的好笑，他真的變成一頭熊了嗎？就因為穿上一套愚蠢的黑熊玩偶裝？他笨拙的想用熊掌捏起與骨肉分離的「黑熊皮」，可是那蠢笨的塑膠製手掌的沒辦法做到那麼精細的動作。

他想也或許這是夢，可除了為什麼會變成熊以外一切的知覺與邏輯嚴絲合縫，並不像一般夢中那隨意轉換的故事線與一眼就能分辨真假的場景。

意外的，在那種荒謬的感覺下，他反而冷靜下來了。好像沒什麼值得憤怒的，反正什麼都改變不了。

他開始想，如果那些人認為他是一頭真正的黑熊的話，那麼會打電話給動物園吧？他不知道這種事發生準確的SOP是什麼，不過動物園也或許不知道，以前曾有這樣荒謬的事情發生過嗎？

天氣實在太熱了，他決定躲回開著冷氣的手作教室。走回去之前，他又回頭看了那一灘巧克力口味的奶油。已經有密密麻麻的螞蟻附著在那邊緣，就像一道粗糙毛躁的描邊。

他還是不死心的想要扯下那層熊皮，於是癱坐在手作教室的地板上，費心撕扯著，最後他想，反正那也終究只是一層皮罷了，就想拿桌上的美工刀試試能不能割開。然後起身嘗試之後發現自己根本拿不起美工刀。

他於是放棄了，癱在地上什麼都不想做。

他開始回想尚未來這裡工作的時間（大約只是幾週前），他也同樣這樣躺在自己的床上，翻來覆去的玩手機，他的脊椎無論用什麼姿勢都會感到不夠舒服。如今他把手貼在磁磚上，可稍稍挪動就輕鬆揮倒一張椅子，也不知道這樣過了多久。

他聽見警笛聲漸近。

也是，這個牧場旁邊不遠就是派出所和超市，警察到的速度那麼快也很正常。

他又開始覺得好笑起來了。

他看著手作教室天花板的風扇一下又一下慢悠悠的轉，想自己真的有缺這份工作、這份錢嗎？想老闆為什麼要叫自己在大夏天穿上毛茸茸的玩偶裝呢？想那該死的碰碰車究竟有什麼好玩的？開車撞人、不熟練操縱的失控感，還是別的什麼好玩。

很快手作教室的玻璃門外圍繞了一圈看起來也同樣不明所以的警察，他頓時想笑，這旁邊就是超市，搞不好他們會買肉給自己吃呢，又想像這些人會不會扔生肉給自己吃，口感又會像生魚片那樣嗎？他想像自己與熊群為伍的模樣，想像自己靠在動物園假山造景上開著腿坐拿著食物啃咬的模樣，又趴在地上笑起來。

牆角的電視開始播報有熊突然在近郊的牧場出現，如今照片在社交軟體上瘋傳，推測應該是從鄰近山區跑出來的，還說幾年前距離這裡三四十公里外的山區也曾有熊的目擊記錄。其實他看了看時間，距離他變成熊，大概也就兩個小時左右。

那瞬間，冷氣似乎偵測到室內的溫度開始高於設定，他聽見空調漸強的轟鳴就像火車脫軌往這裡撞來似的。

他看眼前的人似乎嘗試著要怎麼推開門，他看得出他們也很慌亂、不知從何處下手，他不想為難他們，於是盡量用緩慢的動作去為他們開門。

他用頭把玻璃門頂開，用嘶啞的聲音和他們說：「我是一個人，只是穿上熊衣服，脫不下來，才變成這樣的。」

可是好像沒有人聽懂，其實也是，他自己的耳朵聽起來，也覺得那比起語言，更像低沉含糊的動物叫聲，甚至比他剛剛和老闆說話更模糊了。

可是饒是這樣……就算是這樣，也沒有人在聽他說什麼。而且他站在手作教室門口的台階時，又有那種一切東西都變小的感覺。

他伸手，竭力想證明自己的手骨與那層熊皮之間仍有空洞，他還不是一隻完整的熊，他希望他們能在這個狀態下先指認出來，不然他不知道自己還會變成什麼模樣。可是眼前的人看起來更加恐慌了。

此時他感覺到皮膚一陣刺痛，似乎有麻醉劑之類的東西扎進皮膚之中，然後他還想繼續說些什麼，雖然知道沒有人會相信，他到底是什麼好像早就不重要了，長什麼模樣、發出什麼聲音才是重點。

然後他就變得昏昏沉沉，前腿一軟，就伏趴在地。

那吵雜的人聲漸近。

直到他聽見蒼蠅在耳邊飛，那種使人厭煩的頻率他想蒼蠅這個物種是準確的掌握了。

他是先想著蒼蠅翅膀的事，爾後才恍然醒來。

如同方從母體的高熱中脫胎，他渾身冷汗，思緒卻又在另一個角落形成一塊混沌的陰影，好像很多東西都想不起來了。都不一樣了。

待他再醒來，周圍就是生鏽的綠色柵欄，他被擱在一個巨大的鐵籠之中。那堅固的鎖、粗壯的欄杆和光滑的水泥地，此處防衛之森嚴大概可以看出是個臨時收容熊的地方。

他四處張望，發覺自己如今約是被隔離著的。牧場的馬與牛的腥臭味全然消失，只有一股動物厚重的皮毛的悶，是從他自己的身上散發出來的。

這裡的天氣沒有牧場那麼炎熱，他才睜眼幾秒，就有穿著全身工作服的人打開門走到籠子邊。他站起身來，覺得這樣更像人一些，更有辦法溝通，可是那人卻立刻退了一步。

他沒有想要傷害任何人，只是想告訴他們自己是人，他想算了，也或許之後需要拿食物或者樹枝擺一擺，這樣總能認出來了。不過難道牧場那裡沒有人發現自己失蹤了嗎？

就這樣過了幾天，他沒有等到足夠擺出字的食物或物品，只能安靜的生啃送進來的水果，若有生肉一類一概不碰。

他總覺得若真的嚥下那些，就真的失去了什麼。

他也不太願意發出聲音，不想聽自己從喉頭發出那粗啞的吼聲。也不知道如此過了多久，他又被移到戶外的區域，大概被評定為沒什麼攻擊性，開始有人來與他互動，或者把食物藏在一堆木頭之中，要讓他尋找。他覺得很髒。

這幾日他睡覺時總會做夢，夢見自己只是中暑了，抖落下頭套後又氣沖沖的跑到手作教室找老闆，老闆抬頭看了一眼大汗淋漓的他，露出了一個有點意外的表情，然後問他來做什麼。

「和你說，我是一頭熊。」他想像自己說完，還要頓了下，然後做一個呲牙咧嘴的表情。

「……一頭什麼？」面容模糊的老闆問。

「一頭熊，黑熊，熊是一種動物，皮毛很厚，吃蔬果和一些生肉。」自己他說，「還有我要辭職，我以後都不要工作了，我討厭工作，其中最討厭擠冰淇淋。」

可是每一次他都會醒過來。

時間漸漸變得不具象了。畢竟他沒有時鐘，後來他又輾轉被送到很多地方，嘗試了幾次用手邊的東西擺字卻都收效甚微，根本沒人會往字上解讀，都覺得他是不餓，或者不喜歡吃。

有很多問題他已經不會去想了，有很多事情好像都忘記了，也不再想問為什麼了。

然後他終於被送進旁邊關著另一隻熊的大籠子。他聽那人說，他需要社會化。

他頓時覺得又荒謬又好笑，社會化……什麼該死的東西，他要讓另一隻熊聞自己的屁股嗎？他們要用利爪對著利爪，然後體會到好玩嗎？

他不願意如此，就只縮在角落，就算另一隻熊隔著欄杆觀察自己很久，還好奇的探鼻子過來聞嗅，他也無動於衷。他聽見外頭的人議論自己是不是害怕或者身體不舒服，大意是這樣的，但有些單詞他聽不清楚。

可隨著日子漸長，他開始能讀懂另一隻熊的情緒。他知道什麼時候牠餓了、覺得不滿了、覺得開心了。意識到這點的他一點都不開心，變得更常做惡夢，除了常規檢查以外，也常常被覺得他奇怪的研究人員抓去觀察。他曾聽研究人員說，他太沒有攻擊性，經過觀察覺得他根本沒有獨自在野外生存的能力，倒像是從小就被圈養的熊。

可是什麼都看不出來的，他的手骨與熊皮之間的肉日漸豐盈。他也不再想要站起來了。

他開始想也或許自己從來就不是一個人呢。於是開始吃生肉了，意外的嚥下那些肉的感覺其實並不差，幾乎不用太多咀嚼，就順著喉管滑進胃裡。

後來，他被挪到一個動物園，實實在在的擁有一片假山。開放式的空間，他就坐在靠水邊的假山，每天都有人來看他。

那空間很大，看他的人也很多，玻璃前還有一道看板，從他的位置看不到上頭的字句，但他能猜到他們會用什麼字眼提起自己「傳奇」的來歷。

他一開始還嘗試在那些臉龐中尋找牧場的同事和老闆，每天都用水果和食物在水泥地上擺出「人」字，可他想再不會有人看著他擺的字，會驚呼說他是人，也或許他就是人呢。他光想就覺得好笑了。

也或許會有那樣的新聞呢，熊裡面其實是工讀生嗎？然後留言處網友們嘻笑成片。

因為既無聊，又痛苦，這一塊園區以一個動物園裡的區域其實並不算小了，假山和植物的造景早就像是一個小型的生態系，也會有蟲蟻，甚至會有鳥飛進來。可是如果是對於一個人而言，還是太小、太小了。

他不自覺的感到焦慮，四處踱步，他沒有時鐘，他想自己可以成為時鐘。

他最擅長踩過水池中的一粒滑溜溜的大石頭，到另一邊的假山去，再從水池旁邊的泥道繞回來，很無聊的道路，走幾次就很無聊了，可是他卻仍是一圈又一圈的繞，就像在尋找什麼失去的東西那樣，走到對面，用濕潤的鼻頭碰一碰石牆，再走回來。就這樣反覆，他甚至把那條路上的泥土踩得扁了一些，草也不再從那其中長出來了，所到的那一小條道路光禿禿的。

如果真在找什麼東西的話，一直走一樣的道路，是找不回來的。所以只是形式主義的，或許只是在彰顯自己似乎失去了一些，也或許只是在可惜自己永遠找不回來了。

永遠不會開心的。

他這個位置勾著脖頸向上看遊客，其實看不清楚臉龐。只是一些模糊的影子，像連綿的山巒那樣，有時他會覺得某個影子像誰，不過那樣的感覺亦是越來越少了。

直到他看見一個拿著冰淇淋經過欄杆的小男孩，他走得很急，似乎試圖追上走在前頭的家人。然後腳下絆了一下，冰淇淋就落到欄杆之後，幾秒後摔到與他的地板上。

他愣住了，看著那坨奶油突然覺得悲從中來。他想起有一次夢中，他又夢見自己變成了人，那身材矮小的老師問他能不能幫忙打冰淇淋。而自己的手仍在顫抖，接過了牧場的門票抵用券，冷汗一直從他的額角冒出。他忘記自己還能拒絕，顫抖著拿出甜筒，卻失手捏碎了一個餅乾筒。

夢中的他對著冰淇淋機發愣許久，手卻沒有離開那拉桿，就這樣怔怔的看著一整條的冰淇淋也落到棧板上，就像一條委身的蛇（沾上了餅乾碎屑還有鱗片），就像也是一種動物。

腥臭的、本能的、會排泄的那種動物。也有點像人。

他於是怔怔地向前，看著那坨冰淇淋，最後俯下身用舌頭去舔，一口又一口，與草叢爬來的螞蟻奪食，還用手捧起那些餅乾碎片，像是不願意放棄任何一塊，他能感覺到自己抬著臀，而短短的尾巴好像也一直隨著他扭頭舔食的動作微微搖晃。

他抬起頭來，看到有人新奇的用手機在拍他的舉動，頓時又覺得很氣憤。可是他已經不知道該怎麼表達，只是憤恨的對著那人大吼，他每吼一聲，那些人就哈哈大笑一陣，最後他頹然坐在自己那灘口水上。

天氣很熱，他甚至能看見那一灘口水在自己腿間逐漸蒸發。

再一抬頭，他看見一個女人站在欄杆的邊緣低頭看他，他覺得那張臉太熟悉了，他肯定在哪裡看過的，也許是家裡，也許是幾日前的欄杆邊，也許是自己曾經的臉上的某些五官。

可那到底是誰呢。

他有點想不起來了。

可是他還是折了中午的胡蘿蔔，小心翼翼的用它們擺出一個「人」字。太陽很大，那應該已經是隔一年後的夏天了，他擺得頭昏眼花，可待他再抬頭，那欄杆上的白髮女人早就離開了。他於是脫力跌坐在那些紅蘿蔔上，字自然全毀了。

他受不住烈日的侵擾，又覺得煩悶，最後還是慢慢爬回假山背對遊客的位置坐下了。

原先假山便是背光處，他縮在那大石後，坐久了又有些昏昏沉沉。太陽慢慢隨著時間越過石頭照過來，可他沒有再挪動位置，因為他睡著了。不過他已經可以預料到未來每一天的生活，在夜晚的時候，他會被工作人員引逗著回去由水泥建成的、幾乎就是牢籠的房間裡渡過漫漫長夜，白日柵欄再打開，自己蹣跚的走出來，一邊又一邊的去踩那顆生了些許青苔的石頭過去另一片假山，再走回來，直到累了，他會像如今這樣躲在石頭邊休息。

就像一頭毫無尊嚴的、被圈養的熊那樣。

不過或許就是也說不定。

在睡著前，他無聊的想，夢的形成是不是和蜘蛛織網同樣呢？就這樣繞著那些不知是否存在過的東西一圈又一圈，也或許他曾經記得的那些事，也都只是一場夢而已。哪有什麼真不真實的。

還有倘若等會還要做夢，他想夢到自己變成一隻蜘蛛，或者一條冰淇淋奶油，不想再變成人了。

# 瑪莉

這是我喜歡A的第三年了。

我的日子很單純、平穩，每天就是上學、吃飯、追星和睡覺，不太擅長說話和吵架，其實亦不太需要，反正我身邊本就沒有太需要爭執的事情，對於現實生活中的大部分人與事也都並不太在乎。

我有一些最低限度的朋友，在需要有人陪伴吃飯、分組的時候勉勉強強的找到人，有著大多數人提起我的名字就算有人有印象，也不會有什麼褒獎或者批評的特質。當然我的生活過得並不差，也沒有什麼特別的起伏和失序，若要比喻的話，大概像是花叢裡的綠葉，像是健康便當裡沒有調味的馬鈴薯，是一定會存在，可是不細想的話找不到存在意義的那類。

不過如果我是一張白紙，或者一片沒有雲朵的天空，那麼A在我的生命中，應該就是幾乎可以說是唯一的，非常、非常重要的存在，像是濃稠的油畫顏料，還有能在一瞬間照亮黑夜的閃電。雖然這樣說很肉麻，但確實宛如心靈中的脊柱，會在開心與悲傷的時候第一時間想起來的存在，也會因為他而高興或難過。就算我們大部分的時間都只在手機螢幕裡相見。

不過我一直以來，是把認識他的瞬間稱之為相遇的。

果然能夠相遇真的太好了。我是這樣想的。

一個偶像除了有好的作品以外，一般來說還需要有龐大的粉絲基數才能算是「成功」。而龐大的粉絲基數無非來源於兩種不同的可能性，一個是將同一個類型的粉絲群體做大做強，另一個則是廣泛的發展不同類型的粉絲，意即滿足每個群體的粉絲幻想，也就是說這個偶像必須成為粉絲的男朋友女朋友老公老婆寶寶兒子女兒爸爸媽媽阿公阿嬤，或者粉絲指定人士的男朋友女朋友老公老婆寶寶兒子女兒爸爸媽媽阿公阿嬤。而在網羅不同類型粉絲的同時，粉絲圈裡自然百花齊放，或者往難聽一些說，就是有時候會充滿各種牛鬼蛇神。

A就是這樣的人，同一段影片切片有的人能夠看出肌肉線條鮮明，汗從額角滴落在花道上，很帥，根本就是老公，想嫁給他，有人看到的就是臉和表情都像小寶寶一樣，好漂亮好可愛是天使，天吶還沒有斷奶吧。我一直以來是很喜歡看這樣的畫面的，有那麼多人喜歡他，他才能成為如今幸福的他，而且每個人從不同面向去解析同樣一個人的情景也很有趣。

我也有一些同樣喜歡A的朋友，基本上我不太在意朋友的屬性，不過也不會太常聊天，只是互相為對方去看演唱會的動態點愛心、回覆限時動態，若是有機會，也會一起買周邊、相約著推活或者一起去看演唱會、見面會之類的。對我而言，她們像是特殊的朋友，不會聊起現實生活中使人困擾的事情，截出浮在體面的標準線上光鮮的人生，我喜歡與她們共享自己生活中幾乎能夠偽裝成烏托邦的一小部分。

我也喜歡在網路上胡亂尋找關於A的Tag，偷窺別的粉絲甚或路人對他的評論或愛意，偶爾看到有趣的、溫暖的，就會留下輕輕的讚或愛心。觀察大家愛意的來源也很有趣，投注的情感不同，表達的方式也會很不一樣。我是不愛留言的類型，也或許是因為我還沒有習慣披上一層在網路上給自己取的暱稱的隔閡，我還是習慣我是我，因此有時實在很難做到泰然的去同相隔著網路的陌生人搭話，於是一直只是潛水。

畢竟，一直以來討厭自己一個人吃飯和走路的我，也很矛盾的討厭麻煩別人。總覺得欠下的東西，總是要還，那麼既然償還的過程會很痛苦，乾脆最開始就不要就不要虧欠太多。於是我不想要朋友在只有我需要、卻不完全契合他的需求的時候，特地出門陪我。可是我不會欠A任何東西。

只要我需要，他隨時都能出現在我的耳機、手機與電腦中，他有很多連續劇足夠陪我吃飯，有很多首歌能陪我走疲憊的夜路，也有很多粉絲的討論能夠打發我的時間，不至於讓我打開手機空蕩蕩的，好像永遠有東西能看。不過，我不會欠他任何東西……因為我會盡全力花錢，我想雖然我的能力有限，不足以完全報答這些我所獲得的力量，但至少在這裡我擁有至高無上的主動權，也有可以源源不絕索取的陪伴，更沒有人會因為我的某一個反應不夠符合人情世故，而在背後碎嘴。

只要這樣我就很滿足了。

這天，在我瀏覽對岸的社交軟體時，看到一則有些神奇的貼文。圖片是三張塔羅牌歪歪扭扭的排列在漿洗到有些泛白的黃色床單上，室內燈光昏暗，塔羅牌的邊緣也有些毛躁，我瞇著眼睛看了一會兒，又看見底下附註的文字，「A肯定是喜歡B的，B也喜歡A，但遠遠不到A愛他的程度。B一直沒有好好珍惜A的感情，B是絕對配不上A的。」

A和B都是我喜歡的男子偶像團體的成員，雖然我是A的粉絲，但其他的成員也都愛屋及烏的喜歡著，也很喜歡看他們之間鮮活、親暱的互動，喜歡他們相伴著對方走過艱辛的時期，最後並肩走到如今這些閃閃發光的、更寬敞的舞台上。我也有些CP粉朋友，喜歡A和B的、喜歡A和別人的都有，但她們沒有一個會像這個人一樣，用這麼篤定的方式說這樣神經質的話。

於是我皺著眉，沒想說什麼就點了一下退出。就像在網路上遇到其他萍水相逢但很弱智的貼文一樣。

可是隔天，當我再點開同一個軟體時，卻收到一則意想不到的私訊。

就是昨天發了塔羅牌貼文的那個人，我覺得奇怪，點進去她的主頁才發現自己昨天退出頁面的時候，好像不小心給她的貼文點了愛心，而且從那則貼文發布到現在，那顆不小心點亮的愛心就是她唯一的一個了。

而那則詭異的私訊劈頭蓋臉的就問你也喜歡A和B嗎？可以加你的微信嗎？

我有點無言，想雖然從主頁應該能看出自己是A的粉絲，但也能看出我是台灣人吧，怎麼那麼篤定我一定有微信呢？可是我真的有，以前為了聯繫在深圳工作的親戚曾辦過一個帳號。

我其實一直都很不擅長拒絕別人，又覺得微信和Line不太一樣，沒有過多的個人資訊，也很少用，饒是失去了這個帳號對於生活亦沒有影響，而且主頁一片空蕩蕩的，其實比加那人的IG好友還要安全得多。

因為實在很好奇她到底要和我說什麼，於是我半信半疑的交出好友頁面的QR Code，那人很迅速的就加上好友，然後立刻就發來一段很雷人的話，「你相信世界上有兩個思考非常相像，甚至可以說是一模一樣的人嗎？我和A就是這樣。」

神經病。我很清楚的記得那時自己楞了一下，心裡只剩下髒話。這是一個很詭異的人，不過仔細想想這樣也才正常，畢竟這不是追星的人慣常的交友方法，她們通常會迂迴的發徵友文、在河道上認識同好、在演唱會或者見面會之類的活動上認識新朋友，或者透過朋友介紹朋友的朋友，而不是這樣，甚至不是看到她發的貼文，就只是看見我在不小心給貼文點的愛心毫無解釋的找上門來……這人也活得太無聊了。

看著詭異的發言，我猶豫了一下，最後只回了：「啊？」

那人卻全然不受打擊，自顧自的說A一定是喜歡B的，她看得出來，因為她年輕的時候也這樣，不可能錯的，而且她朋友也說她很像A，還說我知道你不相信，但我沒有騙你，我敢肯定我的想法真的和A一模一樣。

我放下手機，有點猶豫要不要把這人刪掉，並開始後悔剛剛的一時衝動，可是我其實一直以來都想找人說說自己對A和B關係的看法，而且好像聽聽這個奇怪的人說話也不會有什麼壞處，最後想了很久，才回了一句「是嗎？我覺得他很難懂。」

我一直把A當作自己遙遙見過面的朋友，希望他快樂、幸福的那一種。但雖然我很喜歡他，花了很多時間、精力和金錢在他身上，並試圖在各種訪談與雜誌中聽他描述自己的個性、喜好和私生活，也從不會用這樣的語氣說了解他，更何況是說知道他在想什麼。

不過這句話彷彿戳到那人的敏感處，她立刻激動起來，說，「就是這樣！你們都不懂他，你們只看得懂B，而且總是用女生的視角去解讀他，可能也不算真的看懂。其實A很好懂的，而且他絕對喜歡B……」

我只是放下手機想倒杯水來喝，回來再想該怎麼回這句詭異的話，可是一回來手機上就多出洋洋灑灑一大篇比作文還長的東西，草草掃過一眼，裡頭就是那人覺得自己像A的論據，還有A喜歡B勝過於B喜歡A的證據，而如此那人似乎還是覺得不夠盡興，又發了好幾條五十多秒的語音訊息。

我禁不住好奇的戴上耳機，點開語音訊息，裡頭是個中年女人的聲音，是相對字正腔圓的北方口音，那人的語氣幾乎就像我想像的一樣，有些急促，似乎急需表達，可惜說話邏輯不算清楚，簡單的話會停頓幾次，講到得意處還會像贊同自己似的彎彎繞繞的重複。

「而且，我一直覺得B配不上A，A的感情太真誠、太純粹了，就像我一樣。」她很認真的說了這句話。

那瞬間，我立刻就想封鎖她了。

喜歡一個偶像……在我觀察身邊的朋友，甚或只是在網路上與其擦肩而過就退出頁面的、素未謀面的粉絲，總是覺得也或許大家都是在尋找一個落足之地。很心煩、很難受的時候要尋找一個地方躲起來，很無聊、很茫然的時候需要一個地方棲身，因為偶像所以有了想見的人、想做的事、期待的節目，我們可以自由自在的選擇成為誰的女友、老婆、妹妹、姐姐或媽媽之類。

於是，饒是看到一樣的東西，在看到的每個人眼裡，也都會因為自己的社會經驗或投注的情感有不一樣的理解，這是很正常的，本來也就不只在偶像身上。

我想應該也算是一種共識。

就像是在凹凸不平的地方，光的漫反射。不同角度看到的東西本就會有些許差距，可這就是遲鈍的人的眼睛中的成像那樣。

因此除非想吵架，不然我們基本上不會說「你不懂他」，更不會基於那麼多自己推測出來的故事，妄稱誰配不上誰。

我安靜的瞪著那一行字，本來已經不打算繼續回覆，可是就算把手機放在一旁，一則一則語音訊息還是一直跳出來。此前我從沒有遇過這樣的人，畢竟我沒有使用過交友軟體，沒有這個契機，大部分的人也不會對陌生人有那麼大的傾訴欲。

可是在那些長得幾乎是騷擾的訊息當中，那人看起來並沒有任何惡意，只是邏輯很差，偶爾還會說誰又不理她了，話多得甚至有點可憐……

所以我突然在有些生氣之餘又覺得好玩，就像在看勉強能組成語意的亂碼，很想知道這人下一句話會說什麼。

對方的ＩＤ也正好是一串看不懂的亂碼，我沒能忍住，截下一些那人神經質的發言，發給為數不多同坑的朋友吐槽，原本想刻薄的叫那人阿姨的，最後想了一下又決定毫無理由的叫她瑪莉。

「怎麼不是呢，全世界最懂Ａ的瑪莉姐姐。」我的朋友看完一小段聊天記錄又看我替人新取的綽號發了一長串ｗ，說。

此時手機又收到那人的訊息，每次都這樣，我只是挑著有趣的回了兩條，瑪莉立刻就能發來十四五條訊息過來，有時是語音，有時是文字，也有時是她算的塔羅牌，過了一陣子，久而久之大部分都變成語音，有時候連懶得聽要轉換成文字都很廢時間。

可饒是我回得少且慢，瑪莉仍然保有過分的熱情，會努力反駁我說的每句話，「Ａ不是這樣的，我就知道你們都這樣覺得！但不是，我很確定不是，因為我和他一樣，我年輕的時候就這樣。」

在瑪莉自己的描述中，瑪莉是一個「年輕時很漂亮」的女生，如今三十多歲，喜歡A和B半年，並且自認A的個性與她很像，「基本上可以說是和年輕時候的我一模一樣」。

「不過不知道為什麼大家都不喜歡我，我明明對所有人都很好啊。」瑪莉有一次和我說過，她的「他們」指其他被她用這種方式纏上聊天的人，她也經常截圖她和其他人的聊天記錄給我看，有時是懶得再和我解釋一次她在塔羅牌裡看到的A和B關係的演變，有時是她想要讓我看見她被其他不相信她說的話的人罵，並且要我為她評評理。

我是在無聊的課堂裡看見這段話的，看了只覺得頭很痛，於是手腕輕輕一翻，把手機倒扣在桌上。老實說，這樣的生活方式離我很遠。我不能理解為什麼瑪莉要一天和朋友打電話六個小時，就為了試圖說服根本對偶像沒興趣的現實生活中的朋友A和B是否真的很認真的在吵架或談戀愛，也不懂她為什麼那麼執著於去證明這樣也許一輩子都不會得到答案的事。

而且就算是又如何呢……

我抬起頭來，課堂裡的同學，有些人眼神迷茫的看著老師，有些人低頭玩手機。老師不會往我這裡看，畢竟我很透明，我的同學們就算要找人聊天大概也不會看向我。

於是，我稍微想了一下，又把手機拿起來，翻開了瑪莉的訊息。

日子就這樣一天一天過去，我偶爾回幾句，似乎就收穫了對方的信任，二十天後，我知道對方的本名，甚至因為提過一句想買對岸二手網站的周邊而得知了對方主動提供的地址，說之後一起去看演唱會的話直接拿給我就好。

「我不會用你的地址啦，我用轉運站或請代購也來得及。」我說。

「沒關係啊，東西寄來我這裡，你應該擔心我跑走才是。」瑪莉說。

可是家裡的地址也不只有寄東西去的用途，隨便給人真的好嗎……我很想提醒瑪莉，可又覺得瑪莉都是大人了，怎麼可能會不知道呢，自己若是多嘴提醒後，瑪莉大概還是會繼續這樣的，也絕對不只對我。

除此之外，瑪莉每一次提起的話題都很抽象。她會突然傳一段短短的A和B

的對話切片，然後問我，「你覺得這一秒的A在想什麼？」

在想什麼呢？在她第一次這樣問的時候，我立刻就愣住了。因為我很少突然暫停影片，去思索這個問題，只會捧著當天的晚餐，看著他們玩各種無聊遊戲然後笑成一團。

那一秒能看出來什麼呢……分析眉頭皺起來的微表情，分析在話尾的苦笑，分析人類潛意識的行為，對於我而言，總是看不出什麼門道，也覺得這樣做好狡猾，就好像故意要掀起女孩長裙的一角，就算是看不著什麼，可那本不是對方當天所想展現給別人看的地方，更何況我從未用這樣的角度嘗試去看。

雖然當我很認真的思索完這個問題並回答瑪莉之後，她只是得意的說，「錯得離譜！根本不是這樣……A其實是這樣想的……」

瑪莉真的是一個耿直且自信到很討人厭的人，我其實一直不覺得她說得多有道理，不過她要反駁人並不會說「雖然你這樣講好像也可以，但我覺得是……」，而是「錯了，錯得離譜，讓我給你說說應該是……」這種實在讓人很難沒有負面情緒的方式。

我原先是很憎惡她這種表達方式，覺得她實在白白長到這個年歲，待人處事的方式也很病態。可是當她的荒謬已經超越常理，這種憎惡就莫名其妙轉為一種窺探……也或許從這時我就有些把她當作一個能夠帶來一些惡趣味的笑話來欣賞。

有了這樣的認知之後，我一直對於她和別人爭執的描述保持著一些懷疑，瑪莉並不無辜，我還是覺得她的人格之中包含著很多很明顯的，詭異、幼稚到很幽默的缺陷，也不太願意附和她。

可是自那之後，我還是開始依循著瑪莉的話語重看很多以前並沒有注意到的影片，我從前是有感覺到A對待B的方式確實和他對待其他人不太一樣，可是我說不明白那種「不一樣」究竟是因為什麼，可能是長時間相處的依賴，又或者是因為什麼並沒有在鏡頭前出現的原因。我一直認為，如果說一個的人格像一顆大鑽石，經過生活的百般切割或不願意被切割後，因為不同的選擇折射出不一樣的光澤，那在舞台上、電視裡、手機中的偶像就像是大鑽石被四方的螢幕再度切割後，映照在我們眼裡的新的鑽石會折射與本人有些相似卻不完全一樣的光芒。

瑪莉的企圖，或者說瑪莉的妄言大概就是她能夠剝除那些包裝，從那些她窺見的蛛絲馬跡還原成沒有經過螢幕打磨的A，且不說究竟準不準確，我一直覺得光是這個心態就有些變態。

而在此後的一個月，瑪莉突然說了一句，「要和你解釋為什麼A喜歡B，我該給你說我和我初戀的故事。」

一如既往的雷包發言，又和瑪莉的初戀有什麼關係。

瑪莉總讓人感覺到僭越，總是熱愛擅自代言別人，篤定別人在想什麼，更喜歡說我和你們不一樣，我才懂他。可是人世間哪有這樣的事呢？饒是能從會場遙遙看幾眼，短暫相遇幾個小時就要回去面對那些使人痛苦、極想逃避的平常，可那終究不是相處、不是對話，有時候人甚至很難懂自己親密的好友與家人，更何況，瑪莉連十多年前的自己都不理解，每次都要在半夜回想才能勾勒出失真的什麼，又要如何篤定別人的愛與想法。我有時候真的很想這樣同瑪莉說。

但我還來不及說什麼，就收到了三十多條五十幾秒的語音，她還說，希望你用聽的，才能感覺到話語中的情感。

整整三十分鐘呢。是什麼讓她產生自己一定有聽完三十分鐘與我們共同的偶像無關的語音訊息耐心的信心呢，更何況聽瑪莉那樣纏繞的說話方式，實在算不上一種享受。

瑪莉和她初戀的故事對他人而言是很乏味，十八年前，瑪莉剛上大學，遇見同系的張，原先他們只是朋友，也因為張在文組科系的同屆的男生中算是樣貌挺拔，因此很有人氣，光是第一個學期就有許多女生主動想追他，可是張卻向瑪莉告白。

瑪莉說她一開始沒有答應，可是後來還是在張說服了幾句之後點頭了。大概是因為瑪莉本來就喜歡他，所以也捨不得推拒太久，只是害怕分手後做不成朋友了。

瑪莉還在語音訊息中列了幾個乏善可陳卻也是學生愛情故事經常見的場景，

諸如在課堂上玩英語傳話遊戲卻脫口而出愛你，或者在長長的走廊與無數人相遇，可就是知道那人看過來就是在看自己等等之類。畢竟人就是這樣流水線出產的流水線生物，普通學生的戀愛總歸大差不差的都是那個樣子。可這些心動沒有辦法維繫太久，畢竟兩人也不算完全互相理解，很快就要出現隔閡，再加上瑪莉喜歡亂說話的性格，他們交往兩個月，度過一個各自回家的寒假後，張就以「我覺得你根本沒有喜歡我」為理由提了分手。

這個故事的大意就這樣而已，我聽不出來與A和B有什麼關係，很懷疑瑪莉根本只是傾訴欲太強，才用這種拙劣的理由強迫我聽，更不知道只是這樣而已為什麼有辦法說到三十分鐘，於是很無聊的戳著其中幾條語音訊息趴在沙發上聽，客廳的冷氣開得有點涼，久坐之後腰椎開始隱隱作痛，我矛盾的感覺骨骼裡會被壓出瘀青……我扯了扯毛毯，不知道該回什麼。結果下一條訊息又在這時跳出來，她說，「幾個月前，我又找到他的聯繫方式，於是嘗試去聯絡他。」

「今年嗎？可是你不是說這都是十八年前的事情了。」我沒能忍住回覆，又接了一句，「你們談戀愛的那年我才剛出生呢，都過多久了。」

「……我就是想和他說清楚，也不是還想要同他有什麼發展。雖然聊了幾句他就把我拉黑了。」

「……好吧。」我沒有說可是說清楚能改變什麼呢？人家興許都結婚了也說不定。我也並不想插手一個自己其實也沒有很喜歡的遙遠網友的人生，只是完全沒有辦法理解為什麼有辦法因為一段兩個月的戀愛盲目長情許久，甚至當初他們分手的緣由還是對方覺得完全感受不到她的喜歡。

有時也覺得瑪莉是個很神奇的人，就算別人說了什麼，她也從來不會意識到自己的問題與不合時宜。

那瑪莉喜歡的到底是什麼？我開始很無聊的開始思索這個問題，十八年來改變的東西太多，也還會認識很多新的人，還有機會在很多不同的走廊和不同的人遙遙相望，還能在很多不同的長桌和其他不同的人說愛你。十八年後原本瑪莉喜歡的人如今也早就不是那個模樣，而且大學生的相識一個學期相愛兩個月就分手，且談戀愛的期間橫越寒假的關係……我並不覺得那裡面有太多符合我對愛情想像的深入理解和靈魂共鳴。

我想起忒修斯之船，想起船帆、船錨與人的思考、細胞，在漫長的歲月裡有時候很殘忍的，好像無論是什麼都很難留下來。然後又聽瑪莉說，雖然張不是B，所以這個故事也絕對和他們兩人的故事不那麼同樣，A會喜歡B很久，B大概也是。我對這句話暗藏著「瑪莉是A」的意味弄得有些不滿。因為無論怎麼想還是……如果A的個性是瑪莉這個模樣，我想我沒辦法接受的。

只是我的腦中會不斷響起「你覺得這一秒的A在想什麼呢？」這段話。

這句話，會突然讓我覺得自己離他很近又很遠。

近到那一秒我好像能窺探他藏在頭顱的骨骼與血肉閃動的思考電波，遠得好像從前我看見的一直都不是一個完整的「人」，只是一副會跳舞、笑容滿面的人類皮囊。

我是從這一刻才認識他的嗎？我不由得開始這樣懷疑。

後來，我慢慢覺得偶像承接的愛意有時候像血，那樣濃稠黑紅混雜的，像是扭曲性格的投射，像是無處宣洩的控制欲，像是寂寞孤獨、彷彿陷入泥淖中的時候手上抓著最後一根稻草，可當我恍然意識到他們好像也是血肉之軀時，這樣的愛陡然變得刺眼起來。那並不是任何人的錯誤，起伏的透光體本就會使人看到各種不一樣的東西，反正「他們是偶像呀，本來就該習慣了吧」，但這樣的理由算是理由嗎？

只是讓我害怕的是從前我並沒有發現、或者說是我刻意忽略的，從中折射具象出的我自己，好像也同樣張牙舞爪，面目可憎。

尤其螢幕與生活糾結，為了A一次又一次推掉朋友聚餐、課堂與工作，一個人抓著背包到機場，就很難像是最開始只坐在電腦桌前，被一段衝擊到有些惱人的音樂吸引著，只有褒獎，只是明亮的稜鏡折出的七彩，而沒有那稠重的殷紅色後的其他陰暗爪牙與雜質。

A有時說的話也會被曲解，我是很不喜歡看他被罵的，也討厭路人明明只是看到一兩則貼文的討論，就覺得自己有資格站在道德制高點審判別人……可是當我為了這些事情而感到低落時，卻又會突然有一種微妙的違和感。

可是我想我應該不是只剩下A。應該吧。

甚至，瑪莉一句「這一秒的A在想什麼」這樣輕飄飄的話，好像也莫名其妙的，嚴重影響了我的生活。我開始覺得，從前我的生活平穩、毫無波瀾，是不是因為我從沒有認真的去看……我對愛我的與恨我的都視而不見，是的，我明明確實看見了，可是不是從來都沒有真正「意識」到……

打工的地方那些面容模糊的客人也是血肉，那些我不曾記住姓名的同學也是血肉。他們輕飄飄的朝我走來時，也背負著他們的一生，他們之中的很多人也許也像我，從不認真看人。不過一定也有例外吧，他們會想像我從哪裡來嗎？想我在哪裡上學？看到他們的時候又在想什麼嗎？如果會的話，那有些噁心。因為我從前並沒有這樣想他們呀。

但在此之後，我會這麼做了。

與此同時，我開始有意識的減少回覆瑪莉，因為她實在很可怕，我應當承認我漸漸的有些畏懼她，我也討厭她改變我生活的部分，我覺得這一切都是她的錯。因為她的情緒像不受控制的、濃黑的海嘯，不斷膨大外還無孔不入，若是被她抓到言語中的漏洞就要猛的鞭笞，而且她變態的理論確實影響到我的生活了。

聽起來很荒謬，可能瑪莉自己也沒有想到，可是那句話對我而言確實是這樣可怖的話。

可是於我來說，A和A帶來我身邊的朋友，在我的生命中本不應該是這樣的東西。

我並不是只剩下他。應該是，應該吧。

可是，饒是早知道那種陰暗的揣測和過度解讀很不健康，可是卻總像能夠把人的心拉扯得薄薄的透光，彷彿真的能直接用心臟去感知那好遠的人，所以又很讓人沉迷。

我一直有在為了出國看演唱會而打工，上大學後就找了一間襪子店，每一天在拉下鐵門後，就一雙一雙把掛在貨架最前面的那雙襪子扯平，把被弄亂的首飾擺好。如果把機票、飯店和旅程中的花銷切開，不用很久就能完成一個小小的目標，如果時間恰巧，廉航的機票不會太貴，於是存錢的過程不算太痛苦，而且下班之後能看屯積了一段時間的團綜、新舞台，有期待時間就會過得很快。

因為很窮，只能買很不健康時間的便宜機票，可就算是這樣，在等待飛機時，趴在店舖全都拉下鐵門的機場美食街的桌上，聽身邊湊在一起大聲喧譁的印度人聊天，用那種新學會的、變態的視角揣摩他們轉過頭與我對上眼睛時，那一刻他們在想什麼，又是來台灣做了什麼，度過了怎麼樣的幾天呢……

可是饒是如此，我還是覺得幸福。

迷迷糊糊間，我想自己似乎也應該開始認真去思考，為什麼就算是這樣的時間，我也仍然覺得幸福呢。就像打破眼前的薄紗、濃霧那樣去思考。

等待的時間和我斷斷續續的睡眠都被報到與登機切成碎片，我努力把腿縮到候機室冰冷的椅子上，因為扶手的阻隔和沒有完全被睏倦吞噬的良知所以不能躺平，可是這樣的姿勢實在很難睡著，於是勉強蜷縮了幾分鐘之後，覺得不如不睡呢，還是坐起來開始玩手機了。

漫無目的的，我看著開啟的 eSIM，跳動的網路格子，像是消失或者波浪，我覺得頭暈……候機室好冷，因為沒有買托運行李額，我不願意帶那件不夠好看的厚外套，想著到日本再買，於是現在好冷。冷的時候就會覺得孤單。凌晨兩點的機場窗外有流動的黑夜，我這才想起瑪莉早些傳的訊息尚未看，於是點開。

瑪莉說，「要不要見一面？」

瑪莉也來東京了，只是恰好，她之前好像有提過，不過我印象不深，後來我也正好收到東京場的票，瑪莉得知後就問過我要不要見面，我記得那時候自己好像敷衍過去了。

於是我看著這個問題又沉默，我其實也沒有很想見她，不過因為瑪莉一直說自己「年輕的時候很漂亮」這個描述而對她的長相保持著說來有些殘忍的好奇。

我想了很久回了一句，「如果正好有時間的話可以。」

一個人出門的時候，我總是忘記吃飯。我實在很討厭一個人到餐廳吃飯，所以其實與其說忘記，不如說是刻意忽略。我總是到便利商店買個可樂餅就當作一整天唯一的食物，其實也並不餓，保持著對演唱會的期待，還有一個人偷偷逃跑的興奮，我能夠一直、一直在陌生的街道走下去。

到會場附近的那個站，其實就不會迷路了。因為粉絲會穿得很有辨識度，成員色的衣服和大扇什麼的，根本不用開地圖，只要跟著她們走就行了。不過如果努力忽略洶湧的人潮，通常都在市郊的演唱會場看起來也會有些遺世而獨立，而且能夠看到城市裡少見的、明亮的星星綴在場館邊角高高翹起的屋簷。我是很喜歡這樣的景色的。就算是風通常很大。

和一起買票的姐姐約在會場旁見面，那個姐姐和瑪莉有一樣的口音，可是說話的方式很和緩溫柔，人也很好，我有一些這樣的朋友，偶爾在會場見面，偶爾因為一些特殊的偶像活動與事件聊天，我很喜歡這些朋友，覺得她們都很可愛，就算其實我們並不對彼此有太多深入了解。

其實更像一種制約反應，畢竟每一次見到她們，都是在很幸福的時候。

終於又能見到A，也是很令人高興的事情。穿過會場的門就好像進到另一個世界，可跨過那道界線時卻又覺得恍惚，會覺得，原來夢真的與那麼糟糕的現實接壤。

不過我還是每一次、每一次都會被台上的人略帶哽咽的說希望下次還能見面、謝謝大家來見我們，或者認真的說回家路上小心喔之類的話與場景感動，我花了很多時間、很多錢來見他們，他們也花了很多年、很多努力才站上了這些舞台。那一刻，就算早就知道偶像本身就是一個由無數精巧謊言包裝的職業，我還是願意相信至少在演唱會中的某些片刻，那些動容是非常、非常真誠的。

那總像一場很盛大的夢。

夢裡有藍色的亮片在空中反射著舞台刺眼的光，像淋不濕人的雨，像場並不刺骨的、很溫柔的大雪，像我真的能收入囊中的星星。我喜歡的人好近又好遠，我們正淋著同一場人造的、浪漫至極的雨雪呀，他的視線從我臉上飄過，在台下的我們看起來一定很凹凸不平吧，但是他們總是會笑得那麼開心，大概也是幸福的漫射與成像，於是那瞬間我看不見任何鴻溝。

我不在乎他是否真的看見我了，也不在乎有許多人和我一樣愛他，我並不想要獨佔他。我只要我們之間確實產生了一瞬間具象的幸福，只要一個人走在打工結束的夜晚街道時，都能夠回想起宛如下著鵝毛大雪的這一刻，我喜歡的人仰著臉在閃閃發光的亮片中唱歌。

安可結束A和B還在台上朝我們揮手，一起買演唱會門票的姐姐因為要趕飛機直接離開了，因為若是不提早走，絕對會被結束後洶湧的人潮淹沒在地鐵站，時間就不可控了，臨走前她說以後有機會一起吃飯呀，我說好，揮著手目送她走，但也不知道下一次見面是什麼時候，也有可能我們並不會再見面了。

因為偶像認識的同好關係也許就是這樣的，我們共享很多幸福，一起去很遠的地方，若有必要甚至能在沒有提前見過面的情況下住同一間飯店房間。有些瞬間感覺比現實生活中的朋友更親近，有很多說不完的話，有很多金錢交易，可是時間一長，就算沒有人做錯任何事，只要有一方不再喜歡我們共同的偶像了，我們的關係就岌岌可危。

我盡量不讓自己為此感到不捨。

我還在收拾東西準備離開，瑪莉的訊息卻在這時跳出來，瑪莉問我要不要一起去看東京塔。不過我是想看東京塔的，其實。好像一直執著於去尋找一個象徵。猶豫了很久，也因為對瑪莉這人長什麼模樣有些好奇，最後還是沒能捨得拒絕，於是穿著不合腳但漂亮的鞋子，依循著瑪莉形容自己的穿著，找到等待在場館邊的瑪莉。

這是我第一次見到瑪莉本人，那個場館旁邊就是一條河，旁邊少有其他建物，風也很大，瑪莉站在欄杆旁，憑一己之力就把旁邊的人流擠開了一角。瑪莉很高，骨架也很寬大，是很典型的東北女人的身材，我如果要看她的臉說話必須抬頭。

從她說話的風格和方式，本來也就猜到瑪莉不是太愛打扮的類型，可是基於她那句「我年輕時很漂亮」，我是沒有預想到邋遢到這個地步。她穿著灰色的寬大T恤和黑色的棉質休閒運動褲，看起來並不像是剛看完演唱會的穿搭。瑪莉沒有化妝，五官平平，眼睛狹小，鼻頭圓潤，能夠清楚的看見臉上的油光和毛孔，參雜著些許白髮的髮間也泛著油。

我其實有意識到，追星之後我開始會對同擔的外貌有不太禮貌的審視，畢竟我們的愛也許最初都源自於臉龐，於是自己也開始追求不算很健康的審美，只有再少吃一點，就能穿那件A一定會喜歡的皮裙子，只要再瘦一點，在場外拍的照片就會更好看，就算他什麼都不會看到也沒關係……我心底一定有一塊地方深知這不必要，很幼稚，除了自己沒人在意，也會偷走很多幸福，可是也還沒有辦法徹底改變這樣的視線，甚至還會偷偷比較自己與其他人……可饒是見過很多人，也尚沒有見過瑪莉如此不修邊幅的類型，到底有什麼資格批評A早上起來臉水腫啊。

她本人說話的方式和她在網路上倒是沒有什麼落差，就是不討喜且滔滔不絕的，彷彿只要有人隨便應和就能這樣直到天荒地老的說下去似的。

我冷眼看著臃腫的瑪麗艱難的下正好沒有手扶梯的地鐵站樓梯，卻沒有伸手去扶。

就算我沒有問，瑪莉還是自顧自的提起她膝蓋上有個舊傷，曾經失足摔了幾階樓梯，自此只要長久的步行，甚至天氣變差都會隱隱作痛，也不太能夠走樓梯，每個上下起伏的台階走起來都會很吃力。

一階、一階，瑪莉扶著旁邊的金屬扶手走得很漫長，我先幾步走到樓梯的底部，仰著臉看她艱難的挪動。

地鐵站的燈雖然明亮，卻仍是有種陰森森的感覺，就像醫院裡的白熾燈，只是又再暗一些，影子無所遁逃，畏縮的綴在腳跟，比真正暗著更可怕。每一次我站在樓梯口，都覺得那總像在自願邁入現代版的深淵、都市機器的嘴巴，而走下去的過程像是一種城市的盲目吞嚥。

而如今瑪莉慢慢的走，倒像是尚未被油潤過的大鍋卡住一整塊肉爾後慢慢在下滑的過程就把表面炙至炭黑，那阻力很大，大得彷彿能殺死一塊肉。

終於待瑪莉蹭到樓梯最底，就算有些疲憊，還是只能配合她的步伐慢些走，瑪莉說話的聲音很大，旁邊的人偶會側目，但我不好意思開口要她小聲一些……

瑪莉說想找個餐廳先吃飯，因為她肚子餓了。可是周遭那幾家餐廳，她經過了卻只說不想吃速食，不想吃連鎖店，不想要燒肉，明明腿腳不方便的人是她，可百般挑剔的也是她。

最後她選了一家平平無奇的咖啡店，咖啡和食物的味道都很普通，我看了看手機上的時間，就是這樣普通的店，我們從電車下來直到落座前可是整整這樣漫無目的的繞了一個小時。

我對食物並不挑嘴，因此最開始就答應讓她全權決定，因為是自己答應的，我並沒有到很不耐煩……只是在瑪莉翻看菜單翻了十分鐘後，我又忍不住開始思考瑪莉究竟在尋找什麼呢？

如果想吃炸物就去速食店，想吃健康一些也多有這方面的選擇，想吃甜點的話最開始就直接查找甜品店就好了，就算毫無想法有那麼多家餐廳，隨便找一間價格可以接受的也就好了，何苦這般尋尋覓覓？至少對於我個人而言，我覺得這樣的咖啡店除了提供座位之外，沒有任何食物能夠填補人類慾望的缺口。

不過點完餐後還是壓著裙邊坐下，瑪莉端詳我一會兒，開口說，「……妳好瘦啊。」

我還沒有習慣直視瑪莉的臉，也從不覺得自己瘦，相反的我一直覺得自己要是能再瘦個五到八公斤就好了。不過我也同樣再看了一眼瑪莉，最後還是沒有反駁什麼。

和有一些網友第一次見面的時候總會陷入不知道該用什麼語氣說話的尷尬之中，可是跟瑪莉就不用擔心這個問題，因為瑪莉會一直一直說下去，我有什麼反應也不是太重要，反正只要我不認同，瑪莉就會開始嘗試說服我，最後我會因為不知道還需不需要繼續搖頭而應下來。

我不知道為什麼瑪莉那麼執著於說服我相信她那些理論，也不知道瑪莉究竟從哪撈來那麼多瑣碎的事情在幾分鐘內暴力的朝我扔來，更是深刻的理解為什麼以前她的朋友會這樣一個又一個的離開她。於是這頓飯吃得很漫長，甜膩的蛋糕只是讓人失去繼續進食的慾望，卻沒有飽足感。期間還要聽瑪莉說，她其實很挑食的，這不吃、那也不吃。

說實話我一點也不在意，正猶豫該說什麼的時候，她又要自己接話，說「你是不是想問那我到底怎麼吃得那麼胖的？」

……她說話當然也毫不考慮別人究竟有沒有辦法接話。

經過了種種折磨後，推開玻璃門時，我確實鬆了一大口氣。

從餐廳走到東京塔附近遇見了一棟很漂亮的大樓，橘紅色的塔就映在玻璃帷幕上，我爬坡到半途一回頭，突然覺得好像被扼住咽喉。瑪莉爬坡也很慢，肥碩的腿彎曲再直起，腫起來的膝蓋泛著不正常的、淺淺的青色，額邊也出現汗水，又撐著膝蓋大口喘氣。

我站在坡的一半停下腳步冷眼看瑪莉一步一步慢慢爬上來，又覺得有種莫名的好笑。

為什麼會一個人千里迢迢來東京，結果和一個陌生的中年女人一起爬坡呀。我好像從身體裡突然被抽出來，以路邊枝幹間的烏鴉還是真正是一片樹葉的視角看這些事，卻也一時半會想不到答案，而在這時，瑪莉竟然對著路邊開著低底盤卡丁車的深目高鼻梁的人用英文大喊，問他們這車在哪裡租的、一個小時要多少錢。

我於是頓時回到自己的身體裡了，而且尷尬得想要挖個洞躲起來，可那些高鼻樑的人也鬧哄哄的，臉紅得像剛喝過酒，沒有回應瑪莉。瑪莉也不惱，還笑嘻嘻的和我說應該是太吵了，所以他們沒聽到。

夜晚的風朝我拂來，沒有綁起來的頭髮因為風髮尾開始有些糾結，我用指尖梳順。在抬起手時還能聞到早上用電捲棒卷完頭髮後抹的髮油的味道。

和瑪莉坐在東京塔下的長椅上，我百無聊賴的滑著IG，試圖用這樣的動作隔絕瑪莉的話語。我看著A新發的動態，那是在演唱會後台的他，應該是演唱會剛結束時發的，他還沒換下演出的服裝，就這樣隨興的靠在階梯旁，溫和且有些疲憊的笑著看鏡頭。

雖然以前就大概有意識到，不過真正聽瑪莉說話，又重新認知到瑪莉對A的感情真的很詭異，這是讓我最受不了的地方。她的愛幾乎是很血蛭式的，找到血肉就這樣攀附上去，爾後肆無忌憚的吸血、批評，她的愛感覺不會為誰帶來任何好處，除了她本人獲得優越感以外……她會說A太天真，對曲風的嘗試根本沒有人會買單，總是說就該讓他狠狠摔一跤才知道一直以來都是粉絲太溺愛之類的。

她說完，還要用一種得意的語氣，詢問我的看法。

「……我覺得他現在這樣很好啊，這樣的風格他自己很喜歡，也很努力在做，我可以接受……我不希望他再遇到什麼會讓他難過的事了。」我邊玩手機邊說，已經不想再看著她的臉回話。

「你太年輕了，所以你不懂……這樣是在害他。」

我毫無掩飾的翻了她白眼，說時間很晚了，我要回去飯店了，看她要不要再待一會兒，我可以自己走。

「喂，你生氣了嗎？可是就是這樣啊，我只是說實話而已。如果繼續這樣，他的人氣一定會下跌，絕對會……你們就是太年輕了！」

我把她扔在後面，想來她也跟不上來，但還是越走越快。瑪莉這個人真的很可怕，說的話很可怕，為人也很可怕，一路上我實在百思不得其解，世界上怎麼會有那麼討人厭的人……

搖搖晃晃上的地鐵，瑪莉還在發訊息來，沒有繼續方才的話題，卻又是不依不撓的說，剛剛和我說話的時候，讓她又想起五年前A和成員們一起上某一檔綜藝時，A對B說的哪一句話背後一定有其他深意。

我沒有認真看，不過內容肯定是什麼A其實一直在試探B呀，不過A太膽小了，害怕如果真的接受B的情感，最後會連朋友都當不成之類的話。

瑪莉要是把琢磨A和B關係的分一些出來關注她身邊的人的情緒，也不至於變成如今這個模樣吧。我忍不住這樣想，也一直沒有回她訊息。

回到台灣後，我還是一直這樣在空閒時看看A的各種節目和舞台，有時挖出以前的 DVD回顧過去，大概花三分之一的生活費買周邊當作上學的精神損失費，也會為了下一場巡演繼續打工。其實沒有瑪莉說的那些話，我的生活是很平靜的，我覺得自己已經很努力找到一個平衡的方式，找到傷心的時候如何開心，找到沒有希望的時候如何創造希望，可是瑪莉總是把 A 的形象，還有他與其他成員的關係破壞得繪聲繪影，就算我不回她，她也還是能繼續這樣滔滔不絕的說下去。

我從前不會這樣的，我會盡量把每一則訊息都回完，就算很忙也至少不會擱著問句不回答。可是和瑪莉的互動是我從來沒有在別處遇到過的，那麼不社會化，那麼自我為中心，那麼搞不懂自己外在與內在條件的人世間大概也少有，所以現在我認為不用像對待旁人一樣有禮貌的對待她。

瑪莉還是一直發訊息來，關於瑪莉的現實生活的話題越來越多，有時候我覺得很無奈，因為我並不很缺乏現實中的朋友，而瑪莉這樣做，甚至在半夜發來一大堆自己做的飯菜，我就有些意興闌珊了。

有一天瑪莉突然說，「我還是希望能和你們變成不追星之後也能聯絡的朋友的。」

我看著這句話發愣了很久，她真的完全看不出來我並不喜歡她嗎？竟然什麼都沒能感覺到嗎？還是她其實是在用很拙劣的手段試探我？

我懶得去想這樣的問題，把手機塞回口袋裡，離開宿舍準備去打工的襪子店上班。店裡有一整面牆的襪子，各種不同的形狀、五顏六色的，每一天都會被挑選的客人拿起來亂擺、弄得發皺，除了襪子之外還有一些飾品擺在襪子牆前，我的工作除了結帳外，也要保持商品的整齊，每天拉下鐵門後就要將它們一一復原。

若是店裡空閒的時候，其實很無聊，又不能玩手機。所以會偷偷聽店外經過的路人對話，有時候很平常的，只是一起聚餐的朋友互相說再見，如今的我就會無法抑制的在櫃檯裡猜想他們究竟是什麼樣的關係，「再見」又是多久會再見到呢，有時也會聽見一群人醉醺醺的在雨中爭吵，然後聲音被人潮推擠至遠方。

我無聊的時候一直很喜歡觀察他人，現在更是被瑪莉害得開始用很赤裸的方式猜測。除了路人的聲音，也看來到店裡的客人，看他們一雙一雙拿起襪子，用指尖捏起戒指和項鍊端詳。店裡的音樂總是那種有著明顯鼓點的搖滾，我不是很喜歡，不過若要維持如今這樣的生活好像也只能一直站在那裡被所有喜歡和不喜歡的東西淹沒。

不過這裡的一切都小小的，穿戴到身上的枝微末節，人好像總是在用這種小小的東西彰顯自己的不同與個性，可是光是那枚在倉庫裡就還有幾百個。而且那樣瑣碎的東西，擺放和收納都很麻煩，我想著這些很無聊、很理所當然的事情時間就慢慢過去。

遇過小偷，遇過正大光明給假鈔的顧客，也遇過明明店裡很多人，卻仍堅持要聊天的熱情客人，而這天遇到的是一位有些年紀的婦人，一頭白髮，穿著很整齊、乾淨。

從她進來的時候，我就一直在看她了。因為這家店的主要客群就是年輕人，無論是飾品或者襪子的風格都比較鮮明多彩，於是自然而然的年輕人較多，中年人少，像這位婦人一樣年紀的就更少了。她一眼都沒有看飾品，而是直直走到襪子牆前，一排一排仔細的端詳起來。

與其說在挑選，倒不如說在尋找。正挑選的人流露的眼神和正尋找著的人是不太一樣的，這是我自打工以來的經驗總結，挑選的人視線移動較慢，而尋找的人只要確定眼前的東西不是自己要的，就會立刻挪開視線，比較像在瀏覽。

婦人看完一整面牆後也沒有拿任何一雙下來，而是徑直走向我，告訴我她一直在尋找一種襪子。

「那是一種長襪，不過腳踝位置以上的布料和底下的布料不一樣……上面是深藍色的，底下是紅色的羊絨。」婦人努力向我描述，還和我說有個大品牌有出過這樣的襪子，只可惜已經停產了，我回想了店裡的每一種庫存，並沒有這個樣式，不過聽她描述，光是想像大概也能知道這樣的款式需求量絕對不高，也並不會太常見。

「不好意思，我們店裡應該沒有這個。」我回應她。

她很有禮貌的向我道謝，離開前卻喃喃自語，說她找這個款式的襪子找了一輩子了。聞言，我原先想和她說，如果真的很想要的話，可以直接去訂製呀，如果願意付錢，一定會有人願意做的吧。可惜後面又有一組客人在排隊結帳，而且訂製……尋找一款款式奇特的襪子一輩子的人，總不可能沒想過，一定是有其他的理由才沒有選擇這麼做吧。

後來我也沒再見過這個婦人，也不知道她究竟找到她要的襪子沒有。在這家店裡，我遇到的大部分人都不會再見到第二次，雖然可能也有我沒有辦法記住每一個客人的這個原因，不過我能肯定的是這裡並不像餐飲店那樣有所謂的「常客」。想來襪子的品質也參差不齊，較少會有因為舒適而再次光顧的客人，多的是偶然路過的觀光客。

過了好幾個月，終於我又存夠了去看下一次巡演的錢，可是陰錯陽差，收到票、確定好要去哪一場的時候已經鄰近出發，大概也是因為有演唱會，名古屋每一間飯店的價格都貴到令人髮指，可是我已經沒有更多錢了。

這時，瑪莉卻突然發訊息問我，說她也要去名古屋，原本和她拼房的人突然不去了，要不要和她一起住。

「我之前訂了一間，雖然不是在市區，不過還能湊合。」瑪莉報了一個價格，這是這時已經找不到的價位，就連膠囊旅館都要比這個貴兩倍。

我猶豫了很久，說實話，我是很不想和她一起住的。可是如果不答應的話，也許就去不了。於是最後還是答應了，出發前還很努力的給自己做心理建設。

結果等我到機場時，收到瑪莉的訊息，說是在中國的機場摔了一跤，膝蓋的舊傷又復發了，幾乎沒辦法走路，現在在機場借了輪椅，不知道到日本該怎麼辦。

我覺得有點麻煩，想了很久只回了一句還好嗎？看完演唱會後，瑪莉從場館的側門走出來，一拐一瘸的來和我會合，那時候已經是初秋了，夜晚的風會找到衣服的每個空隙無孔不入的鑽進去，瑪莉走不穩，步伐也很緩慢，看見我就抓住我的手肘，說借扶一下，我低頭看見自己的網眼毛衣很明顯的被扯鬆了一些。

其他粉絲魚貫的走向車站，一輛一輛電車吞噬人，打扮精緻的女孩們一個疊一個被擠在玻璃門邊，然後被載著回到遠方，而我只能跟著瑪莉的腳步，走在道路的最側。

瑪莉又開始說，今天她讓和她一起進場的女生猜她的上升星座。

我想對方最好會有興趣，卻還是不得不接話，「……她猜什麼？」

「她說我是上升雙魚，那麼好猜嗎？一次就猜中了！我還問她所以你是覺得我很溫柔的意思嗎？她說也許吧……也問我上升雙魚原來是溫柔的嗎？」瑪莉眉飛色舞的說，「從來沒有人這樣說過我，我覺得自己很溫柔的啊，不過以前沒有人這樣說過。」

「……這樣嗎？」不過那個姐姐都不知道上升雙魚的特徵就這樣說，大概也只是隨口猜的吧。這句話我沒有說。

我原先想說什麼，也有點想問到底為什麼那麼執意去問每個人的看法，並且用這些話語自我定義，我覺得那很愚蠢、很幼稚……可是又覺得瑪莉本來就是這樣的人，也不會改，那也沒必要說。

看完演唱會，一下從興奮的情緒鬆懈，又像突然被人從夢中拉扯出來，還有些恍惚，我覺得有點疲倦，而且為了趕上考試，我是隔天早上的飛機，其實已經想趕快回去睡覺，可是瑪莉卻又拉著我去居酒屋。

經過漫長的散場，已經轉了幾次車才從會場到市區，再從市區到飯店附近的站，此時已經很夜了，街上少有人群，路上只剩下醉醺醺的上班族。一盞一盞路燈孤單的亮著，偶爾有車安靜平穩的開往遙遠的黑夜。

我站在路口等瑪莉慢慢走過來，又錯過一次紅綠燈。

居酒屋座位後面的日本人大概是一群同事，聽起來正在熱火朝天的玩團康遊戲，女人高亢的笑聲灌進我昏昏欲睡的腦袋，瑪莉還在說關於上升星座的事，可是我根本不知道什麼是上升星座，瑪莉大概也不在意我到底知不知道那是什麼，只是和我說，你看別人都說我很溫柔……你不要那個表情，你這個小孩為什麼看不起我？

「……啊？看不起你？」我慢慢變得遲鈍的腦子努力分析這句話，只擠出一個困惑的表情，「我又沒有說你什麼。」

「我知道你看不起我。」瑪莉已經喝了半杯酒，大概是很容易上臉的類型，一下下臉就紅透了，居酒屋的燈光灑下來看起來油光滿面。

我開始覺得痛苦了，我憎恨瑪莉毀了我得來不易的幸福餘韻，我可是賣了無數雙襪子、被困在櫃檯裡無數個小時才能站在這裡，和已經辭職很久的瑪莉一直在任性的花家裡的積蓄可不一樣，但我說，「我沒有。」

「你就是有，你這個小孩……根本沒有表面看起來脾氣那麼好。」

我幾乎要翻白眼，我覺得自己應該算是很擅長忍耐，因為我一點都不在意這樣不重要的人，可是在那一刻我卻不知為何幾乎要失去理智，這樣的話該怎麼回應呢……最後還是深吸了一口氣，我實在懶得吵架，就強撐著笑了笑沒有說話。

回房後我洗完澡，和瑪莉說換你了，瑪莉卻說，她的腳傷太難受，就不洗了。我深深嘆了氣，這次沒有避著瑪莉。

自己躺上床之後卻看到瑪莉卻直接在床邊換衣服，瑪莉沒要我閉上眼睛，也沒有一句提醒，就這樣看見一大片赤條條的肉色，我崩潰的拿被單蒙上臉，可是瑪莉甚至在這時候也要和我說話，說自己明明很好相處，為什麼有好多人不喜歡她。

我看見瑪莉內衣的背扣拴進肥厚的肩背，瑪莉甚至沒有換上睡衣，就這樣赤裸的躺上床，床墊發出呻吟，很重的陷下去像是沼澤，我幾乎縮到床邊，卻不自覺的想像瑪莉髒汙的脂肪蔓延，想下一次絕對不要省這種錢了。

而且不知為何，才是初秋，飯店就已經開始供暖，暖氣沉甸甸的運轉，熱氣全部沉在床邊，房間很悶，我打開窗戶，冷風就朝枕頭的方向尖酸的吹著，於是我既冷又熱，而且這個晚上似乎治安不太好，一直有警車的鳴笛穿透窗簾與夜晚的涼氣，我明明很睏卻睡不著，瑪莉也是，於是又開始一直斷斷續續的講話。

瑪莉躺著說，自己後來又去聯絡了一次張，張這次根本沒有通過好友邀請。想來那已婚的中年男人大概也很困擾吧，搞不好都有孩子了，還要應對十八年前的前女友。可是瑪莉很失落，還和我說，她決定不要再花那麼多時間在A和B身上了，因為那很不健康。

我一想到隔天要背著背包轉乘三條線才能到機場，回台灣之後還要搭一個半小時的捷運就覺得更痛苦了，我再也不想聽A什麼時候讓B原諒他了，也不想再聽關於張的無聊的市儈的故事了，對我而言A就是能帶來很多快樂和幸福的帥哥呀，我也看過張的照片，就是一個很普通的中年男人，不再挺拔，也有了一顆滾圓的肚腩，眉目間倒是不見油膩，只是普通，就像是在路上走十步就能遇見一個的中年人，可是瑪莉卻在我說我已經想睡覺的時候又一次說我知道你看不起我。

我真的完全失去耐心了，很努力才壓下說「到底要看得起你什麼」這句話的衝動，想回去之後絕對不回瑪莉的訊息了。

可是不知道為什麼，那天晚上我卻夢到A了。我很少夢到他的，就算有時很想見他，他也從不出現。可是那一天我真的夢到他了，他只是面無表情的站在一個昏暗的街角，那裡只有一盞昏黃的燈，只照亮了他的側臉，但我很確信是他。

我原本嘗試想喊他的名字，可是卻因為害怕打擾到他，又覺得就算他轉過頭來有什麼用呢……我還是不會了解他，於是哪怕我深刻的知道那是一場荒唐的夢，也仍然躊躇了。所以我就一直站得很遠看他，一個夢裡也聞不到他香水味道的角落，直到我醒來。被瑪莉吵醒的。

瑪莉的飛機比我早更多，所以比我定了更早的鬧鐘，瑪莉起床也大手大腳的，似乎並不在意是否吵醒我，又或者這就是她的目的……我確實醒了，卻不願意張開眼睛，深怕又被逮住說話，直到瑪麗離開之後才起來整理東西。我還在想那個夢，就算我已然清醒，夢中那個朦朧的側臉也還是淩厲得很清晰。

我一個人背著裝滿髒衣服的書包轉乘幾條不同的地鐵線，大扇的手柄太長，總是會露一角在包包的外頭，然後我一想到隔天的考試就頭疼。

在飛機上，我一直在想那個夢的意義，以及瑪莉究竟為什麼要追星呢。

來看這些演出的她好像並不很開心，她對A和B也一直保持著一種高姿態的審視，老是說他們太年輕、太愚蠢，說希望他們摔跤才好，還總是用很逾越的方式說他們的愛像年輕的自己和張，卻還是花了那麼多錢、那麼多時間……這樣的瑪莉在尋找什麼嗎？

我突然想起那位尋找一款奇怪襪子的婦人，為什麼要尋找呢？找到了又能改變什麼呢？那雙襪子所帶來的舒適真的能夠抵消她這樣一家又一家店尋找所帶來的麻煩與不適嗎？

我一直有些畏懼我完全無法理解的人，完全無法理解他們做事的動機，也無法理解心態的人最令人害怕了。就像是尋找襪子的婆婆、像是瑪莉。

瑪莉從前和我說過她早些年就辭職了，現在就每天待在家裡，因為覺得太累了，而且和同事和不來。可是她卻又喜歡用成年人的俯視和我說，工作沒有你想像中的那麼簡單，世界也沒有你想像中的單純，你還是太天真了……什麼的。

我實在不懂她哪裡來的自信教我處事待人，我才不想變成她這種大人，也覺得既然她說不要再花那麼多時間在A身上，其實早就沒有必要繼續忍受她了……於是一下飛機，重新連接上網路我就把她封鎖，只是偶爾，偶爾回想起來的時候，又會覺得也或許她罪不至此呢，她一直都沒有惡意，只是個性討人厭，只是「沒有人教我怎麼愛人」。

這是她和我解釋為什麼會和張分手所說的話，她說自己那時候太幼稚，很不成熟的原因就是因為從沒有人教她如何愛人。聽見時我想自己是很不屑的，說實話，華人的家庭少有教孩子怎麼談戀愛這點誠然沒錯，可是想也知道除非想分手了，不然就不該在熱戀期說這種話、消失整整戀愛周期的八分之一，這應該是生而為人，且在人類社會長到十八歲應該懂的事情。瑪莉卻真的把這點當作藉口，在她說自己做了什麼被別人吐槽的時候就一次又一次提起，所以瑪莉並不覺得這是她自己的錯。瑪莉後來又說，分手後，張在大四時又交了一個女朋友，也就是他們交往的時候暗戀他的女生，再後來有聯繫就是十幾年後，瑪莉又拿到他微信的時候了。

而且瑪莉明明在談戀愛的時候就都不確定自己是不是喜歡對方了，又何苦往後痴纏十來年。我沒有見過那麼笨的情傷。

而且瑪莉從不拿鏡子看自己，她還是覺得自己很漂亮。

封鎖瑪莉之後，我的日子變得很清靜了。我本來就沒有那麼多每天都要滔滔不絕發訊息給我的朋友，幾個現實生活中走得比較親近的朋友也都只是在會有需要時相約著一起吃飯、聊天的那類。我也不知道這究竟是不是好事。

總之我的手機不再像從前那樣一陣一陣的劇烈震動。不會有人我打斷我耳機裡A的歌聲了。

有時候我會想，瑪莉會不會像最初向我搭話一樣，再去和別人搭話。然後我也會變成她口中那群「我明明對她們很好啊，不知道為什麼她們討厭我」的「她們」之一。

應該會吧。這樣的人從不覺得自己有錯的。

我又回想起瑪莉走路時臉上顫動的橫肉，想起她與年紀不符的灰白的頭髮，想起瑪莉算塔羅牌時拍給我的照片，平心而論，我本身不太相信這個，也不太看得懂，更覺得瑪莉讓我看牌後要我猜結果之後又要否定我的看法這點其實很討厭的，還有我對瑪莉自稱占卜師這件事其實一直抱持著含有惡意的有趣，有時候甚至想逗瑪莉講。

還有一個最主要的原因，我想自己從某種程度上，是畏懼那些平凡人身上竟然還要冥冥中自有注定與命運的。

瑪莉傳給我的那幾張擺放在床單上塔羅牌圖片此刻看起來很是昏黃，大概是瑪莉房間的燈應該也太昏暗的緣故。我不由得去想一個略顯臃腫的寂寞中年女人盤腿坐在床上，小心翼翼的從牌中摸出三張，然後擺放、翻開的模樣，最後還要對此回想許久，從自己貧瘠的性經驗中找出也不一定相像的片段編排故事，對手機說半小時的話，給幾個同樣無聊的網友群發訊息。

然後開始漫長的等待。

打開手機少有待回訊息的日子也同樣一天一天過去，也或許我的個性也有些古怪，我身邊總是沒有長久的朋友，多的是階段性的，從學校畢業後就少有聯絡，自然也不太會有人經常和我分享日常生活。我以前不覺得自己是一個孤單的人，也沒覺得這樣有什麼不好，我還有A，只是把龐大的情緒需求拆成碎塊，一個一個尋找能勉強合上的拼圖滿足我身上的缺陷……也許有時候會覺得食不知味，會覺得心空蕩蕩的，可是現在就是這樣的時代呀，我也已經不知道比這個更輕鬆的生活方式。

慢慢的，我開始思考是不是無論與我擦肩而過的人，來到店裡的人，乃至世界上腳步匆匆的人應該都在尋找什麼，只是我們經常因為習慣而不去思考做一件事情的動機。

又或許是因為就算知道動機之後，該做的事情也不會改變。所以沒有思考的必要。我只是覺得如果不缺乏任何東西的人應該會換上睡衣，待在床上吧。

打工是為了賺錢，吃東西是因為肚子餓，和久違的朋友聚餐是為了維繫岌岌可危的感情，只是需求達成的困難程度的差異罷了。我站在櫃檯裡，看著一對情侶站在襪子牆前一雙一雙對比，最後選擇了同款不同色的襪子前來結帳。

我突然覺得也或許那個尋找襪子的老婦人一點都不需要我的憐憫吧，至少她知道自己在尋找什麼，而且她尋找的東西是鮮明且明確的，能夠碰觸得到的東西，如果繼續尋找下去終有一日會遇見的，就算從沒有遇見，她靈魂的缺塊也只是一雙襪子，那麼柔軟、溫和、有形，令人稱羨。

那這樣的我又到底在尋找什麼呢？我第一次開始思考這個問題，其實本不該那麼浪費的在珍貴的演唱會思考這種問題的。但此刻的我好像才打碎了眼前的紗、霧霾之類的遮蔽……我實在該去思考這樣漂浮的幸福的本源。

每一次很痛苦，很想逃跑的時候，我幾乎會下意識的想起A說過的，不用擔心，有我們在，你不是自己一個人。這樣想的時候，我真的會感覺到好一點，覺得沒有那麼孤單了，而且會有些鼻酸得想哭。

可是每一次難過的時候，戴著耳機的我回頭，那空蕩蕩的街道，除了快速竄過的老鼠，拍著翅膀的吵鬧的鳥和圍繞著許多蚊蟲的路燈以外，好像都真的確實只有我一個人而已。

我還是迫切的想知道愛究竟是什麼。

是我會一個人背著沉重的背包轉很多條捷運去機場，然後安靜的等待，安靜的乘坐，安靜的走路，然後安靜的與他見面嗎？飛機的座位每次都很擁擠，若正好坐在窗邊，城市連綿的燈光看起來也很冷，一台又一台車安靜的緩慢駛過陌生的城市；演唱會的座位也很狹窄，稍微站直就會碰到鄰座的肩膀，可是我的心臟還是會因為和他見面的倒計時慢慢歸零而每一次都劇烈跳動著。

今天我們又更靠近了一點呢。

那麼倒楣的我每一次演唱會都開不到好位置，每一次都只能看小小的、模糊的A映在我彷彿蒙著一層紗或霧的眼睛中，每一次存夠錢，我就會一次把它們全部花光，可是這次，我又用早該習慣的、看舞台的角度仰著臉看他，卻發現我其實一直都看不清他的臉，我的近視度數好像又增加了。但其實我一直畏懼現實生活中的男性，已經習慣自己一個人走，習慣一個人安靜的對著儲藏了許多A的笑聲、笑臉的電腦吃飯。我想起瑪莉說起她和她的一夜情對象。

那樣的性愛一點蠱惑人心的成分都沒有，我聽見的時候只是皺眉，並且腦中不可抑制的浮現出非常失禮的、橫肉與橫肉交疊的場景。甚至覺得，那個酒店大概會在事後煙霧瀰漫吧。

可是在有些反胃的想像之後，我還是很惡劣的只覺得瑪莉果然真的是神經病，連這個都和我說，她真的覺得我會有興趣，或者覺得我會因為她是一個「坦承」的成年人而高看她嗎……

這個夜晚的位置離舞台很遠，但離門口很近，我本該在A慢慢走下舞台的樓梯時就往門口走，這樣就能搭上還沒有塞滿人的電車回到市區、回到飯店、回到床上。可是不知道為什麼我完全沒有辦法挪動身體，只能繼續呆愣的坐在位置上，看著其他打扮漂亮的粉絲魚貫的從大門離開，她們互相說著話，尖銳的大笑，高興的靠在對方身上，說，下一次還想來看，對呀，一定要來，對吧？對吧。

今天的A和往常一樣好看，他和B都換了新髮型，髮色莫名有些相像。我想，如果瑪莉有看見的話，絕對會說，「他們一定是一起換的，A就是故意的，他想暗示粉絲了……他們應該確認關係了吧。」

想到這裡，我揉了揉太陽穴，安靜的站起來隨著人潮離開仍有聚光燈的舞台。舞台上面連映著一束強光的灰塵都這樣顯眼、懸浮，幾乎像延綿的星河那樣。

明明是那樣表面、虛浮、飽含利益的業界，可是我還是很喜歡，每一次聽見

A說話還是會想哭。我總是覺得A是真誠的特例，他說過自己不喜歡說謊，所以我一直都相信他。可是如果有一天，我發現此刻站在舞台上的他瞞著什麼事，我大概也會覺得很難過吧，但那也不是他的錯，是我擅自以為自己了解很多的他的，他也不可能什麼都告訴我的。

那一刻，我突然覺得也或許人們不去思考行動的本質，是因為早知道不思考會比較幸福，幸福好像本身也只是很輕浮、麻木的感知。而且思考與想像太粗糙了，每每摩擦過赤裸的胸膛和心，就會好疼，會見血的。

可是我現在懶得，也實在無力去想回程電車的問題了，錯過終電就錯過終電吧，我開始漫無目的的一個人慢慢的沿著會場邊走。

每一次都很冷，每一次風都很大，每一次我都沒有帶那一件不夠漂亮的厚外套。

我本該習慣一個人走在黑夜裡。可是卻又開始想，這樣的漫無目的真的是漫無目的嗎？我到底在尋找什麼呢？我真的感到幸福嗎？幸福是什麼呢？真的不寂寞嗎？可是我深刻的記得每一個瞬間我所做的每一個選擇，我想我就是一個畏懼和別人深交的人呀，我覺得那太重了，而且我應該也勉強算是一個理智的消費者，再給我一次機會，我應該還是會在這個時候出現在這裡吧……我就是這樣的人呀，本來就會把所有事情變成這樣。

我又捏著包包的背帶，想我的愛是不是更像鏡子，我看到的、認識的、喜歡的從不是A，一直都只是我自己的想像、我的需求，就像瑪莉那樣，我最討厭變成那樣，我以為我認識他的……又或許其實我並不認識任何人，我以前這樣對瑪莉說過，可是其實連我自己也弄不清楚了。

我一直以為觸手可及的東西，親人的耳骨，朋友的腦袋，偶像的心臟，其實就算再近也必要隔著幾層皮肉與骨骼，這也許是造物者浪漫的玩笑和詛咒，人能觸碰到乳房卻碰不到心。而後我反手，用手掌隔著包包去磨挲放在裡頭的手燈，尖銳的稜角被包裹在其中變成只是有些溫吞的突起，那並不疼痛，而是一種溫和的不舒服。

因為它被包裹著呀。我們都被包裹著呀……

有時，被A的奇怪言語逗笑、聽到他很認真唱歌甚至有些破音，或者夢到他時，我會覺得好開心，覺得我們好像距離很近，覺得好像我們真的心意相通，覺得好像有一刻我們真實的見面了。可是也有時候，他很久沒有出新的歌，沒有上新的節目，沒有開直播，我就會在突然意識到的時候覺得我們好遠，確實我並沒有實實在在的碰過他，人與人都只是物質，無論是相遇和分開，質都不會產生改變這件事，一直都讓我很挫折。

我想起這日早晨，我又跟著其他粉絲做的攻略，自己一個一個打卡他們去過的地方，跟著地圖走到定點的時候，我像以往的每一次一樣興奮，掏出A的棉花娃娃，尋找與綜藝節目相同的角度為他拍照。不過其實那個角度背光，但沒辦法，他們應該是下午來的，而我的此時，太陽方才東升，它就是執意待在我的鏡頭裡。

雙目感受到明明在螢幕裡卻仍然刺眼的太陽的那瞬間，我不知為何突然想起以前看過的關於四維空間的理論。如果每一步往前踏的我身後都有每一秒的我留在身後，我們每個人都是厚厚一沓的，所有生活著的人都不用擔心倒下，而且若真的有在那個緯度的生物，一剎那就能看完世界古今文明發展的興衰。

而其中我最喜歡的論調就是在某個地方，也或許就是此刻我的腳下，我與A會有璀璨的重疊。我真的極親暱的「經過」他了，而且會留下永恆的足跡。

可是與此同時，我也要同樣的在我無意間，或是在我的每一刻日常裡，與其他我熟識或不熟識的，明亮或灰暗的人交纏，而且這世界這樣狹窄，怕是無論從再高遠的地方，也只能看見肥厚的蟲子、麻繩一樣的長條狀一個壓過一個，然後一起慢慢扁掉。

那其實也算是一種盲目、什麼都沒有真正看見吧。

更何況，白日時愚鈍的我確實什麼都感覺不到，我還是只是這樣薄薄一片，比瑪莉還薄的，也比追星前的我要薄，從來就是帶不來也帶不走任何東西的那樣薄，就只是與往常毫無二致，那麼普通的我。

可是，至少在我手機裡留下來的，我每次都努力嘗試記錄的照片裡，確實只有我一個人和我的手機孤獨的身處在東京的偏僻天橋下。

我平時應該不很在乎這個的才對。

而此刻，我不由得打開手機的自拍鏡頭，我清楚那瞬間我並非是想記錄什麼。螢幕裡是有點疲倦的我的臉，我在昏暗潮濕的夜晚中成像模糊。我不敢確信那是我，也可能那不是，畢竟這裡離我的家好遠，而且我也從來沒有真正觸摸到自己的心臟。

但那個冰冷的螢幕裡面，真的只有一個很像我的模糊的黑影而已。

而後我回頭看演唱會會場那尖銳的，翹起的屋簷，沒有任何鳥停在上頭。在那一瞬間，一輛黑色的保姆車從我身旁的柏油路飛馳而過，我轉頭回來，怔怔的看它毫無凝滯的開上高速道路。

可是親愛的我覺得現在我的愛比起愛，好像更像一種頑疾。我確信車的身後沒有留下任何東西。

# 短尾鳥

如果在台北待更久些，她想她都快要習慣分明在房間裡沒聽到雨聲，所以沒有帶傘，可是走到室外卻下著那種不至於使人淋濕，卻會讓人無端煩悶的那種細小的、渺微的、像燈下的飛蟲撞在臉上的雨。

那樣的天氣會讓衣服散發著一種隱約的臭味，所以不得不要使用烘乾機。這種潮濕的程度太惡毒、太巧妙了，以至於她總是覺得天氣變化絕對和烘衣機廠商有所勾結。

而每當一個人要走進這樣的雨中時，她很幼稚的覺得自己像是一個孤身走進悲劇之中的人，伊底帕斯或羅密歐之類的。

除了天氣，她還有很多不習慣的地方，諸如上課的模式、食物、宿舍，也還不擅長要陪著人訕笑到深夜。她開始擁有一個床位取代高中教室裡的座位，擁有隨機分配的幾個室友，整個寢室全是中文系，因此話題也比較多，可以討論功課、同學和老師，也會有很多必要一起上的課。

但她有些討厭這種懸浮，就像腳踏不到底，睡在空中，可是卻沒有辦法。對她而言，大學生活有點像是浮著豬油的水，看著又膩又滿，可是心裡卻空盪盪的。她也並不是一個八面玲瓏、擅長溝通的人，有很多不滿她也不擅長說出來，於是就只能忍耐，要不然就是偷偷在小帳給分別室友取綽號，在忍受室友半夜的漫長電話時陰暗的發摯友抱怨。

而且身邊有人時，就沒辦法思考，只能愚鈍的注意腳步，然後不得不看著枯黃的草地一遍一遍被踩得折腰。這樣的生活獨處的時間少得幾乎只剩下洗澡，這好像也是同樣很需要適應的問題。

這是她的第一個在台北度過的冬天，冷風颳過光禿禿的樹枝，南部降溫沒有那麼早，風也不至於夾雜著厚重的濕氣或細雨鑽入衣服的縫隙，在這裡她必要看著閃爍的小綠人，感受時間一秒又一秒像寒風一樣刮骨的經過。

她的室友是兩個馬來西亞和一個台灣人，從最開始走進宿舍那天就下意識覺得有點不妙，但認識一個人好像就是這樣的，會先用最溫和的一面相互認識，其他討人厭的一面會在熟悉之後才慢慢出現，於是想說什麼也都來不及說了。

兩個馬來西亞人，她為她們取名叫拉拉和番茄，因為沒有辦法當著人的面說什麼，所以她享受幫別人賜名，雖然也只會在心裡偷偷這樣叫她們，就像她是大王或者什麼貴族，可以擅自給人姓名。番茄和拉拉本來就認識，高中時就同班，結果來台灣的統考又恰好上了同一個學校和科系。

她和番茄玩得好些，會一起去吃飯，一起去上課，因為和拉拉不同班，就沒有那麼常一起行動，不過拉拉看起來大概並不在意這個，因為她有一個在馬來西亞的女朋友，會鎮日打著電話，一打就是好幾個小時。

有時她空閒著，會聽對方在說什麼，大部分的時間拉拉都和女朋友打電話，有時候和其他朋友打，很經常上一秒掛掉一個，她偷偷鬆了一口氣，可是下秒拉拉又打給別人。

這樣的情況下應該也算不上是偷聽，只是宿舍就那麼小，要聽不到也是很困難的，所以她就裝模做樣的捧著手機，實則好奇的豎著耳朵聽對方到底有什麼有趣的能聊那麼久，都不會感到累。

不過聽了一兩個星期也就沒有興趣了。

因為翻來覆去的就是那幾件事，通常都在說馬來西亞的高中、初中和小學同學的緋聞和各種八卦，誰打砲了、懷孕了或者結婚了什麼的，都是那種一開始聽起來會覺得瞠目結舌、覺得荒唐的，可是反覆聽了幾次也開始覺得沒什麼意思了，久了就會覺得也是有這樣的生活方式啊，其實也沒有什麼是一定不好的。

因為每一次，拉拉都會用故弄玄虛的語氣說，「你知道嗎？他高中之後就……」，這句開場白之後必定要跟著一長串誰過得很糟的故事。

當一個人成為同學們茶餘飯後的話題之後，除了名字與事件之外，這個人的其他組成成分都已經不重要了，因為沒人在乎了，只有說的人在享受說出祕密之後別人震驚的眼神或者被逗樂的反應，而聽的人也同樣在享受與他人共享祕密的被信任，只有被談論的人在不知情的情景下成為籌碼。

不過也或許這是人類社交之必要也說不定，她一邊無聊的聽一邊想。

也有很多時候，拉拉會和女朋友吵架，大部分都是很無聊的原因，例如覺得對方沒有認真聽她說話或者沒能即時接起電話之類的，那時拉拉激動的語氣就會很生動，就好像真正在為這樣的事情惱怒一般。

可是有什麼值得生氣的呢？每個人都有漏接電話的時候，也不可能一輩子就守在手機旁等你的電話呀？她曾經疑惑的問過拉拉，可是對方只是說「本來打電話就應該接啊，不然手機拿來看A片喔。」

冬天的夜晚總是來得很早，還沒有六點，天就黑透了，她背著書包穿過馬路，遠遠的，原本以為枝條交錯間天上的亮光是月亮，等走到對向之後才發現那只是大樓頂樓的一盞巨大的圓燈加上她的散光。

那時候會覺得有點寂寞。

她打開寢室門之前，總要深吸一口氣，因為另一個台灣人不太喜歡開窗戶，而且若是先回房間冷氣都開28度。所以她叫她二十八度。夏天的時候，冷氣開28度一點用處都沒有，反而會使人煩躁，冬天的時候開28度不如不開，感覺那樣的空氣不只不溫暖，還臭到有毒，就像空氣全變成包裹著毛孔的果凍一樣，所以她很沒辦法理解。

她有次不小心在二十八度面前脫口而出這個綽號，二十八度聽完也不生氣，只是笑嘻嘻的繼續我行我素。

有時候拉拉的分享欲旺盛時，會一邊開著和女朋友的視訊電話，一邊語氣急促的和她們分享各種故事，有時候是馬來西亞的社會案件，有時候是她高中同學的八卦，有時候拿出吉他唱歌，有些話題滿有趣的，她願意摘下耳機聽聽，有些就冗長得根本梳理不清人物關係，但也不好當著對方的面戴回耳機。

不過拉拉唱歌的聲音和說話的聲音很不同樣，只有拉拉在彈吉他唱歌的時候她沒那麼煩冗長的視訊通話，可是同時又覺得好不真實。在每一口空氣都好像早已經被人呼吸過的房間裡，和弦聽起來也悶悶的，好像能勉強彈動汙濁的空氣和灰塵一樣，尤其拉拉在練新曲子的時候，總是幾個音符就停下來重新彈一次，就更讓人昏昏沉沉的了。

但房間好像還是會因為音樂輕輕震動，哪怕是浮濫的口水情歌。

天氣轉冷的時候，距離拉拉和番茄來台灣已經三個月，拉拉開始和女朋友吵架了。

據拉拉自己分享的愛情故事來看，她並不算是一個很專一的人，這點拉拉自己也承認，她的每一段感情都不長久，無論對象是男的還是女的，最後總是鬧得不歡而散，和上一任尤其弄得難看，所以每當提起也都是汙言穢語，沒幾句好話，罵神經病、婊子都還是輕的，那些故事拉拉也都和她們說過很多次了。

如果客觀評論的話，只能說兩個人都很幼稚。有時候要連要敷衍回應都不知道幫腔罵哪一點。

所以就算她一開始的幾個禮拜以為她們能鎮日打電話是很喜歡、很想念對方，後來也開始意識到也或許拉拉其實並不知道怎麼真正喜歡一個人。

還有她一直懷疑，拉拉在空氣品質這樣糟的地方，連續說話那麼久，難道並不會窒息嗎？

番茄有次和她一起吃飯的時候說，「你不覺得她的愛就是嘴巴講講而已嗎？

只是打電話就能代表愛嗎？而且甚至只是打電話還能一直吵架算是愛嗎？」

她還算是認同，可是卻問番茄，「那你覺得什麼樣才叫愛？」

「嗯，應該給錢……不然至少是禮物。」

她聽完愣了一下，叉起便當盒裡生到像只過水三秒的高麗菜放進嘴巴，不知道該說什麼。

愛是番茄這樣或拉拉那樣的東西嗎？她仍然不是很明白。

拉拉自己說和現任其實也是今年才交往的，沒幾個月她就來台灣了，就開始遠距離。番茄偷偷和她說過，拉拉和她女朋友是在交友軟體上認識的，是網戀，而且拉拉快把他們那個區的所有女同都談了一遍，她聽到這個形容笑出來了，番茄卻遞過來她的竹筷，正色說沒有誇張，就是這樣，年紀比較大的例如酒吧的老闆娘，比較小的例如社團的學妹，同齡的例如班上性傾向不太確定的女同學，只要有可能的全都談了一遍，現實生活裡的談完就去網路上找，只除了很醜的不談。

她記得自己一邊拆筷子，一邊覺得很好笑，「……完全不挑嗎？」

「挑啊，我剛剛說過了，不談醜的。」番茄也笑了，「在家裡打砲還被她媽媽看到，她媽媽不知道她喜歡女生嘛，她也不敢講，所以還和她媽媽說我在她家過夜的時候也這樣……」

「神經病喔。」她笑了。

番茄也無奈的笑著。

她依稀記得自己和番茄說這些話時，其實也隱隱然同樣帶著老派的、有些俯視的否定，事後回想，好像也和拉拉評價高中同學的語氣同樣帶有討人厭的苛刻。不過有時候，她還是幾乎想建議拉拉以後去當個 Youtuber，畢竟連在過馬路時都能這樣旁若無人的打視訊電話其實也算一種才能了，只是在脫口而出之前又想以拉拉那種說話方式，應該影片都還沒上架就要被黃標。

然後有一個很普通的晚上，她拎著剛買的、加太多糖漿來壓過過時香蕉澀味的香蕉牛奶回寢室的時候，她發現拉拉在床上，可是卻沒有手機裡傳來的、失真的馬來西亞腔調的女孩聲音，空氣比平常的悶更多出另一般不常見的沉重。

她放下背包，有點疑惑的看正在吃咖哩飯的番茄，房間裡都是混著牛肉腥味的咖哩飯的味道，番茄看了幾秒她困惑的表情後會意，就指了指拉拉，又傳了訊息和她說，「分手了。」

「啊？和女朋友嗎？」她低著頭快速的打字。

「廢話。不過以我對她的認識，一下就復合了……至少前幾任都這樣啦。」

她看著消沉的拉拉一開始還有點為她難過，覺得拉拉雖然很幼稚、有些煩人，但人其實也不算真的壞得徹底，晚上見拉拉心情好些，安慰了幾句，拉拉就自己和她們說因為她受不了遠距離，而且覺得自己好像也沒有那麼喜歡對方，所以分手了。她還久違的放下手機認真聽了，聽拉拉說她不喜歡台北，因為食物很貴，天氣很糟，課很無聊，這樣的生活根本不是她想要的等相當乏味的牢騷。

結果隔天就復合了。

「我女朋友說還是想試試看，我就陪她了。」

隔天晚上她回來，又聽見熟悉的聲音之後拉拉向她解釋了一下，還往鏡頭邊讓了讓，要她和她女朋友打招呼。

「嗨。」她有點尷尬的晃了晃手上裝著便當的塑膠袋，勉強算是和虛虛捧著手機、躲在角度奇怪的鏡頭裡的女孩揮了手。

她實在百思不得其解，不知道那個永遠待在螢幕後的女孩圖什麼。既不專一、滿嘴髒話，也不是那種人群中會讓人回頭的漂亮女生，成績不算是特別拔尖，就是一個幼稚的普通人。

她很疑惑的趁著沒人問過番茄，番茄偷偷和她說過，因為那個女生的第一次戀愛、接吻和做愛全都給了拉拉，所以大概有些情節吧，又說，其實拉拉那個人也很厲害的，雖然每個前任都弄得很難看，可是那些人都是對她念念不忘，要不然也不會每一個都糾纏至今，就算是會開小帳偷窺限時動態還是跟朋友打聽也都仍然是一種在意。

她聞言怔怔的點了點頭，趁著28度不在偷偷打開了窗戶。

因為番茄的上一節課在書法教室附近，所以總能替她們佔位置。所以她只要背著書包緩慢的在上課前蹭到教室，就有很適合摸魚又不會在走道邊被人撞到手肘的位置能坐。

書法老師是一個聲線溫和的男老師，字真的寫得很漂亮，只是她有時候很難集中注意力聽老師說話超過三分鐘，只要認真聽了一陣子，不是昏昏欲睡就是開始玩起手機。

因為她天分不足再加上後天怠惰，所以她寫了一個學期的點看起來仍像尖銳修長的海參，其他筆劃也從來寫不飽滿，總是長出奇形怪狀的毛刺，拉拉也沒有認真在上課，可是字倒是寫得又正又大，雖然和老師教的筆畫也沒有什麼關聯，但確實比她寫得好看多了。

拉拉只有在寫書法作業的時候安靜一些，也只有那時候，她的女朋友會安靜的待在海岸的另一頭，不說任何話的看著她寫。

歪著頭去盡力修補一橫一豎，她自己寫起來都覺得無聊，也不知道那個女生到底哪裡來的耐心。

陳年的投影機映出來的色彩已經有點偏差，偶爾還會出現一閃而過的彩線，似乎已經快要壞掉了。老師偶爾會用那台老舊的投影機放一些用草書寫的字，她每一次看都猜不出來那些到底表達著什麼。

「如果我很有名，我就能把字寫成那樣，讓所有希望讀懂我寫的東西的人自己去猜嗎？」她笑著和番茄說。

番茄說，「可能是吧，然後他們還得像我們一樣坐在嚴重褪色的PPT前一個一個認，認不出來還會被當掉。」

「好爽喔，下輩子我也要這樣。」

「但你下輩子也只會因為字寫太醜被當掉，就像現在這樣。」番茄說。

「靠。」她輕輕推了番茄一下，番茄故意動作很大的撞上拉拉，似乎是也想把她拉進話題，不過拉拉只是把耳機摘下來，投過來一個困惑的表情。

此時老師又把螢幕切到照著他自己面前桌子的鏡頭，寫了「鳥」字給大家看，那隻筆在他手上看起來就比較好寫的樣子，隨著他的意志，溫順的按壓出四個乾淨俐落的點。

「有個說法，說隹是短尾鳥，鳥是長尾鳥。」老師寫完字提起毛筆，又端詳了他面前那一張墨尚未乾的毛邊紙，自己說，「……這個字寫得不錯。」

中文字有時候確實很玄妙，幾個筆劃就好像一幅形象的畫，她看著老師把「鳥」字貼上黑板，濃稠的墨汁順著最大的點留下來，變成長尾鳥更長的、受重力牽引的尾巴。不過多看幾秒，卻又好像已經不認得這個字了。

那天回寢室，拉拉又分手了。

「幾次了？」她放好東西，已經沒有什麼為對方可惜的情緒了，只是覺得很好笑，傳訊息給就在房間裡的番茄。

「懶得算，反正還會有很多次。」

那樣反反覆覆的，像台北在下雨，像焦灼的慢性疾病。她嘆了口氣，只是感覺很無力，說什麼都只像在果凍裡吐泡泡而已。

拉拉見她回來，大概是因為番茄故意一直戴著耳機，二十八度又還沒回來，於是逮住她，就和她說，「我覺得我其實應該在台灣找個女朋友就好了。」

「她就是癢的。」番茄摘下耳機直接說。

「……靠，這一次不是好嗎？我思考過了，我和她這樣沒有未來。我在台灣，她在馬來西亞，一年能見幾次面？能見面的時候也就只有寒暑假，你要她這樣一直等我嗎？」

她被「這次不是」這個詞戳到笑點，又覺得她們沒有熟到可以笑出來，所以一直憋著，但看起來並不很成功，還是被拉拉看到了，翻了個白眼，「……沒笑出來沒有比較好。」

往後她們又分分合合了幾次，她現在連拉拉說她們又分手的時候都學會趕快把耳機戴起來。直到拉拉說她不想繼續讀了。

「她說要和我分手。」拉拉在有個晚上她推開門的那一刻宣布。

她聞言想都那麼多次了，拉拉本人也該習慣了吧，做什麼這一次語氣那麼嚴肅，再回想一下才突然意識到以前她們每一次分手都是拉拉提的，對方從來沒有主動提過。番茄還是坐在自己的位置寫書法作業，看起來興致缺缺。

「啊？為什麼？」她只好問。

「因為她說她覺得很累了。」

她啞口無言，除了覺得那個女生怎麼那麼慢才覺得累以外沒有別的什麼其他感想。好兒戲、好無聊的愛，那麼多次、來來回回，幾乎就像在放羊的男孩那樣反反覆覆的喊，到這時候，連當作茶餘飯後的聊天內容都覺得索然無味，其實分了對兩個人都好，她無法理解怎麼會看不清楚呢。

可是那個夜晚拉拉下樓之後，直到很晚都沒有回來，她想著現在天冷了，且她記得拉拉出門的時候沒有穿外套，不要是氣沖沖的出去所以拉不下臉回來拿外套，於是和番茄猜拳，她猜輸了，最後還是決定由她下去扔垃圾順便找找看拉拉。

冷風混著垃圾的味道灌進鼻腔。

有時候她仍然好奇著明明每一天每個人丟的東西都不一樣，可是為什麼每天的垃圾味道聞起來都是一樣的呢？往後門走了幾步，又覺得考慮這樣無聊的事情做什麼。

每一天不也是都遇到不同的人、遇到不同的事，可是感覺卻也都相像得使人反胃。她一直沿著圍牆走，直到走到後門邊，此時鐵門已然關上了，上面掛著一個生鏽的小鎖。

不過拉拉所在的位置實在顯眼得幾乎目的就是被找到，她只是順著後望門出去，立刻就聞到嗆鼻的菸味，拉拉手上握著很新的菸盒，蹲在水溝蓋旁邊抽。

青年人……這樣任性的，錯身而過就再也回不去的大字好像就真切的寫在拉拉頭上。她突然這樣想著。

她挪了挪腳步，手腕上的手鏈不小心刮過生了一層厚厚紅鏽的鐵門，發出細細的響聲。拉拉聽見聲音回頭，看到她來，做了一個看起來是在猶豫要和她打招呼還是把菸擰滅的動作，最後還是抬手朝她揮了揮。

「你怎麼來了？」

「你抽菸喔？」

她們幾乎同時開口，於是兩人沉默了一會兒，最後她先隔著鐵門說是下來丟垃圾順便過來看看。

「喔，對啊，我抽菸。」拉拉抬起手示意了一下，臉側分不清楚是冬天呼出來的氣還是煙的一團白霧晃動了一下，「……什麼廢話，這不是很明顯嘛。」

她討厭菸味，於是又往後欄杆旁退了幾步，站得很遠，只是遠遠的看著一點橘紅色明滅。

而此刻，拉拉拿著菸蹲踞的姿勢就好像一隻短尾鳥，一隻年輕的短尾鳥，而模糊、看不清邊界的煙霧像翅膀、像尾巴、像靈魂或死亡。

那一刻，她突然沒來由的這樣覺得。

「我覺得我根本不適合這裡，我不知道我為什麼要來。我討厭那些……歷史，那都是死掉的人講的東西，平常也不會有人這樣講話，我不懂有什麼用。」拉拉輕聲說，拉拉的聲音在不激烈罵粗話的時候，其實算是溫和悅耳的，這點她一直知道。「我還在馬來西亞的朋友都很厲害，他們有的考上了很好的大學，有的家裡有錢到讓人嫉妒……是，我嫉妒，還有的早就結婚，都快生小孩了……」

「但那是他們，你是你啊。」她只能說，雖然也覺得很無力。

「……可是我真的只是我嗎？」拉拉停頓了很久，突然說。

她原先想辯駁什麼，卻又想起人身後複雜的人際網。大部分的人是無法孑然一身的活著的。至少這一點拉拉說的沒有錯。

「但你也根本沒在上課啊。」但過了幾秒她忍不住念了一句，「……而且上課的內容進來之前網路上查一查應該就知道了吧。」

而且她聽過拉拉幾個月前說過她來的理由，因為填志願時她有個喜歡的對象也填這所學校，所以她就毅然決然的填了這個最容易進的系，結果來了之後發現跟喜歡的人根本不在同一個校區，不特別約見面的話一年也見不了幾次，而且來台灣之前更是交了現在這個女朋友，就與對方沒有聯絡了。

「……就這樣？」她記得那時候自己聽到很震驚，就像小時候看弱智偶像劇，男生為了女生改掉自己第一志願的學校陪女生讀差很多的大學一樣的情節，原來現實真的有人會這樣做。而且對方甚至不是女朋友，只是當時短暫喜歡的對象。

所以她其實很難開口安慰，畢竟是自作孽，不過她還沒想好要說什麼，對方就自顧自的說下去了。

「那你覺得有什麼用？」

「……你如果要繼續用這種方式講話那我要回去了。」

拉拉聞言捏著菸，抬頭起來看她，「我確實我在想要不要回去了，回去重讀，和她讀同一個大學……不然根本是在浪費時間。」

「……誰？女朋友喔？」

「對啊，不然還有誰。」

她的女朋友比她小一屆，如今回去重讀的話，倒是能當同學。

「……不過有必要嗎？」她脫口而出。但她也深刻的知道對方不會因為這句話更改任何決定。

雖然，她想就算回去了，會分手也還是會分手的，這是必然的，她們的個性就那樣，那個女生也不見得多喜歡拉拉，拉拉的生活習慣又很糟，若是真的同居了，大概就更短暫。而且她想，也或許會一直分分合合的人本來就不合適……人的個性就是被設定好的個性，本性難移什麼的，如果是因為個性和相處的問題，會分一次，就會分第二次、第三次，哪裡是什麼真心悔改能夠撼動的。

從同樣的骨頭蔓生出來的血肉大差不差也都是那樣的，難道不是嗎？她一直覺得這就是普通人的宿命。

但她知道自己無權置喙什麼，反而講了還像是想阻攔飛蛾撲火，可是也許這幾乎就是「浪漫」的人賴以生存的本能，剝奪這些不如要那人去死，而且她也懶得剝奪拉拉自己和其他人宣布想法的樂趣，所以回去也不打算說什麼。

於是在那個夜晚，她就站在圍牆邊吸二手菸，看拉拉繼續蹲在油膩的水溝旁。

她是真的看到有肥大的老鼠從拉拉身後飛奔而去。大概老鼠也在好奇為何這人來得那麼不合時宜吧。更何況那條夜市旁邊的水溝一定有惡臭的髒油味道，真不知道拉拉怎麼忍受那些的。

而且她越是看著，就越覺得拉拉其實沒有菸癮，不然也不至於就這樣愣愣的看著菸兀自燒，偶爾才湊過去吸兩口，搞不好本就是蹲在哪裡等人過來看，不然也不會選這個那個容易被抓到或找到的地方。而且她那盒菸好像還是從馬來西亞帶來的。

大抵只是心有個空洞，於是嘗試拿聲音、話語和菸填滿，奈何那些好像都是同樣空的東西。

「留在這裡……讀這個沒有前途、沒有未來。」拉拉小聲的說，可是這個夜晚人潮散盡，罕有人煙，散場的夜市太安靜了，所以她能夠很清楚的聽到，「我不知道能看懂沒有句讀過的文言文能代表什麼？你知道嗎？你幹嘛讀？」

她也沒什麼好辯駁的，只是說，「好無聊的問題，不讀一樣沒有未來啊……而且，我說過了，這些你來之前早該知道了。」

然後拉拉又開始旁若無人的和女朋友說起電話來，她這才發現拉拉的手機螢幕其實一直都是亮著的，大概剛剛在和她說話的時候也一直在打電話。然後，她聽見拉拉低著頭對著手機，先是說自己心情很差，所以跑來外頭抽菸，後又說室友出來找她了。

「我丟垃圾順便來的。」她聽著電話中傳來扁平的聲音，其實也不知道為什麼自己要多解釋這句。

拉拉和她說話的口音以及和女朋友說話的口音不太一樣，如果不刻意裝，那尾音就會歪歪斜斜的上揚，每一句話都像滑梯，以至於聽拉拉和番茄說話，在她心中出現的字幕都是有向上的弧度的。

又一陣風把菸味吹進她的腦袋，使她好像也有些暈。她想也沒必要繼續待著了，於是拉了拉外套轉身離開。

直到她走到很遠，好像還是一直能聽到碎嘴的風把那些尾音上揚的腔調吹到她耳朵旁邊。

沒有前途，不知道意義，很無聊，什麼之類的。

不過她覺得就算拉拉回去也不會知道的。

但這並不關她的事。所以她聳了聳肩，走得更快了。

而且想了想，至少馬來西亞沒有這樣不停落的、乾不透又淋不濕人的雨，也是好事。

她聽過番茄和她說，馬來西亞才不下這麼溫吞、惱人的雨，他們的每一滴雨都像是手指那麼粗。

「下雨的時候就這樣一根一根落下來嗎？」她記得聽到的時候覺得這個比喻實在很好笑。

「對，一根一根的手指，砸到人會痛呢。」番茄故意說。雖然總感覺還是有些誇張了。

拉拉決定要回去之後，在寢室打電話的時長又直線飆升，明明之前一副愛要不要、分了在台灣找「更好」的模樣，可是自對方提分手之後，好像又突然愛得死去活來，完全不能失去對方的樣子。

番茄很受不了這樣，也沒辦法接受她要回去的理由。

「你回去就不讀書了？」番茄說。

「我和我女朋友讀一個大學，我們已經說好了。」

「你確定她九個A會要和你讀一個大學？又不是傻的。」

「我們說好了，我們還要一起買二手車、一起租房子，都看好了。」

「你媽知道嗎？」

「我會和她說，她會同意的。」拉拉很堅定的說，番茄朝她拋來一個「我就知道」的眼神，戴上耳機繼續寫她的書法作業也不說話了。

寫完頭，寫突出的胸膛，然後壓下四個像羽毛的點。

鳥。

一隻鳥被紅色的九宮格分割成九塊。

鳥。

她往番茄那邊看，拉拉又自顧自的打起電話。拉拉每次都叫玩手機按電話，

在視訊裡罵的粗話也讓人摸不著頭腦，但在那五光十色的手機光線在夜晚映在拉

拉臉上之時，那一刻她的臉就像那個夜晚抽菸的她，彷彿要被那外來的光芒卷進去一般。

那種光那樣軟，踏一步總像踩進泥沼裡。可是卻又有麻醉人的幸福，像是能透過眼睛照進腦中，彷彿能撫平腦中每一個皺摺，於是看不見路了。所以才那麼容易羨慕別人、也好容易痛苦。

她突然想起來，老師說，短尾鳥是隹，長尾鳥是鳥。

可是如今沒有人會指著一隻短尾鳥說那是隹，只剩下很少很少的名詞含有這個字。很多東西本就是會隨著時代更迭失去意義，而此時，拉拉正用撒嬌的、尾音飄著上揚的語氣和女朋友說，我回去讀文字廣告設計，我們上一個大學，一起租房子，住在一起。

同樣的話說了很多次了。像反覆畫了很多次但從沒有開始動工的建築圖紙。

「媽的，那不是和中文系一樣沒前途。」一番茄大概是聽到了拉拉說要讀什麼，但又不敢直接說出來，於是拿出手機打字和她說。

「笑死。」她想了一陣子，最後只是這樣回了。

後來拉拉也很少和她們一起吃飯了，甚至連洗澡都要和女朋友打鏡頭和麥克風都關掉的電話。

「這樣有什麼意義？」她很好奇的問過，畢竟在浴室那此起彼落、綿綿密密的水聲也實在一點都聽不到手機裡發出來的聲音。

「反正我女朋友會接。」

所以她們會在浴室擦肩而過，頭髮濕著的拉拉捧著分期付款買的最新款手機，一邊對著收音筒說了句什麼，一邊經過洗手台那兩面相對著的鏡子，大概也沒有發現她就站在那。

那一刻，她往鏡子看，會覺得她們好像都跌進深深的、霧氣濃重卻無盡無底的鏡子裡。那裡面有好多好多她們，有一些匆匆走過，有一些面無表情。

不知道要去哪裡。

番茄對被拉拉越來越嚴重的無視也還是有些生氣的，畢竟番茄是一個重視朋友的人，就算對於來台灣之後的拉拉有諸多不滿，也還是希望能有相處時間。最後堅持不懈的又約了幾次，拉拉才半推半就的答應和她們一起去逛一次夜市。

綠線搭到底需要一點時間，她坐在番茄旁邊，看著坐在對面的拉拉身旁的捷運黑色窗戶上又映著那個角度奇怪的女孩的臉龐。

穿過整個城市的隧道裡的光有一搭沒一搭切開那個她素未謀面的女孩的倒影，她發愣的看著，突然覺得又古怪又冷。

那天也確實很冷，就算擠在人潮之間，也還是冷的。番茄因為等待烤玉米和她們走散了，最後只留下她和拉拉在空曠的路邊面面相覷。

「……那你以後想幹嘛？」在一片吵雜的吆喝中，拉拉突然開口問。

「……反正不會餓死。」

「我是問你想幹嘛？」

「不知道……就寫寫東西吧。」

「作家？」

「嗯……也不算是吧，寫東西當作副業也可以接受。」

「就是作家嘛，做什麼不好意思說。」拉拉突然笑了，「像我就想唱歌，我也知道唱歌會餓死啊，我沒有那麼自不量力，可是我除了這個也不知道做什麼了。」

她不知道要怎麼接話，於是沉默了很久才問，「那既然不知道要做什麼，為什麼不在這裡讀完？」

「我要回去陪我女朋友。」

「真的有那麼重要？」

拉拉轉過頭來，用一種奇怪的眼神看她，那一刻她竟然有些突如其來的畏懼，因為她好像能知道這個問題的答案，就像那個未來不未來的討人厭問題的答案是一樣的。

「不然我也不知道該重視什麼了。」她突然覺得如果這句話由拉拉自己說起來，一切就完蛋了。

現在只能茫然的把一切好像喜歡且能抓住的塞進囊中，無論是否慎思過好或不好，不然擁有的就會越來越少，直到失去全部……是這樣嗎？

這時，番茄終於突破人群擠出來，拎著烤玉米說枉費她排那麼久，超難吃的。

番茄沒發現她與拉拉之間奇怪的氣氛，只是說她想去走走，要不要去河邊吹吹風。

那個夜晚的風幾乎不能算是「吹吹風」，是錄起影來能聽到風聲的程度，甚至能把沒站穩的人吹下橋去，但這樣也正好能把河面吹開漂亮的紋路，她們跑上橋玩鬧了一會兒，還觀察為何橋下有一塊河面的波浪和別的區域不一樣，只是兀自破開了。

番茄問為什麼？她覺得大概是河床底下的結構不同，不過她卻沒有開口。玩完後，她央番茄把剛剛好玩的影片發給她，這時候番茄笑完，環顧了四周一下，才發現拉拉不見了。

番茄稍微緊張了一會，原本要傳訊息問問，結果往橋下一看才發現拉拉不知道什麼時候又跑下去和女朋友打電話了。

黑夜裡，手機的螢光很顯眼，她和番茄並肩在橋上往橋下看，風又吹來，橋下的拉拉打了很多耳洞，此時耳飾被手機的光映得亮晶晶的。

「我認識的所有女同都愛在身上打洞。」番茄說。

她笑了，回想了一下，又覺得不太準確，「……一半一半吧？」

「回去嗎？」番茄問，她們往風吹來的方向走，同時有一隻鴿子一直站在她們身旁的欄杆跟著走，很不怕人的樣子。

「沒東西給你吃啦。」她好玩的和鴿子說，「……但你太胖了，也抓不了河裡的魚是不是？」

番茄也笑了。

不過下了橋之後，才發現拉拉打電話其實是又在和女朋友吵架。

「真不知道只是打個電話有什麼好吵的，甚至不用相處呢，就能吵到哭，我倒是還要跟她吵誰倒垃圾的問題。」她說，於是和番茄蹲在河邊的欄杆旁，繼續看著河流上飄過來的寶特瓶，「雖然她一次都不會去倒的。」

「你看，漂流瓶。」番茄甚至懶得討論，只是指著那個寶特瓶百無聊賴的說。

「才不是，裡面又沒有信。明明就只是垃圾。」她盯著那個寶特瓶又慢慢飄遠，「……你聽過伊底帕斯的故事嗎？」

「應該吧……感覺是有點熟悉的名字。」

「台灣可能和馬來西亞的翻譯不一樣？反正就是戀母情節的那個。」她說，那個皺皺的寶特瓶此時已經遠到幾乎看不見了，「就是有個國王因為神諭說自己的兒子會殺了自己、娶了王后所以把兒子扔掉，可是最後兒子還是被鄰國的國王收養，最後真的殺了自己的父親，然後娶了自己的媽媽的故事。」

「喔，那好像聽過。」

「……所以我覺得她們一定會分手。」

「這和那個故事有什麼關連嗎？」番茄抓著欄杆問，還出力試圖晃它，奈何一點移動都沒有。

「關連是，雖然我們沒有神諭，但我相信人就是會重蹈覆轍的人，這比神諭更可怕……就像設定好的程式那樣。犯過的錯會一次又一次犯，因為那個人骨子裡就是這樣的人。」

「人不會改變嗎？至少會變壞吧。而且，就算這樣，那也只是你自己相信而已。」番茄說，放開欄杆的時候手掌上全都是鐵鏽，「……雖然我也覺得她們一定會分手就是了。順便和你說，她爸爸也是這樣的人喔。」

「哪樣的人？」

「賺很多但不給家裡花錢、外遇、多情，還有不戴套，一直讓她媽媽去墮胎……這樣的人。」

「靠，認真的？所以她這樣，是因為她覺得缺少什麼嗎？還是我們讓她很孤單嗎？」她喃喃的問，河水聲沙沙的，等她們離開，也仍然會繼續這樣沙沙作響直到很久以後乾涸。

「不知道，我覺得這些不是我們的問題，她本來就這樣，以前也就大差不差是這樣的。而且如果只是因為孤單就這樣很笨……我們每個人，都是這樣孤單的，不是嗎？」番茄停頓了一下，又說，「反正我一直覺得她這樣根本就是基因的問題。就算我們再多忍耐她一些也一樣，改變不了什麼的。」

她又知道不該說什麼才好了。

「我們改變不了什麼的……」這句話一直在她的耳邊回響。

她想，這或許也是普通人的宿命。

河水的聲音一聲疊過一聲，就像捏扁品質很差的薄塑膠瓶那樣，也像風拂過芒草，方才橋上那隻肥胖的鴿子又扇了扇翅，不過滾圓的肚子好像讓牠飛不太起來。

過了一陣子，她們都聽見拉拉過來了，因為比起腳步聲，更快抵達的是她女朋友從手機裡傳出來的聲音。

因為很幼稚，因為根本沒有想好。

可是反正不會餓死。現在的位置亦不安穩。

也不一定會很糟。也許是她自己太狹隘了。人生並沒有那麼容易完蛋。

她想著。

那瞬間，她好像忽然才意識到從以往自己對拉拉的評價，就好像是在與心中根深蒂固的學歷主義和過去十多年來賴以維生的本能拔河。好像承認拉拉這樣的生活態度與個性能像拉拉的爸爸一樣過得「好」，承認也或許拉拉的女朋友就是喜歡這樣的她、喜歡用這種方式和拉拉相處，就是在對那些東西低頭似的……可是分明不是這樣的。因為她很努力的才獲得這些，很努力才維持著自己所認為著的，作為人最基本的禮儀，所以不可以沒用，所以別人不能覺得沒用……也或許癥結點只是在這處。

還有哪裡有什麼前途。

不思考、甚至去逃避改變和未來並不會顯得自己比較成熟、比較有資格瞧不起拉拉……還是其實是這樣嗎？

此刻她的腦中有很多無謂的、不可能說出口的、想明白也沒有意義的問題與河水同流。有時候她覺得自己近乎失去語言，只餘下一種紛亂。

最後她想，又或許其實一切都只是因為台北的天氣實在太討人厭了。

那天夜晚的星星很涼，隱約的，夜市那邊還有很悶的、彷彿被霧濛濛的空氣壓住人聲掙扎著浮動。

大樓上多彩的燈映在水裡晃，鴿子又大搖大擺的走過，她聽著那個遙遠的、隔著層層疊疊海的、喋喋不休的女孩還在手機裡說話，穿插著帶有口音的英文單字的對話中好像在討論要買哪個型號的二手車。她一邊看著番茄在吵雜的夜裡輕輕的剝掉自己手上的欄杆鐵鏽，一邊很無聊的想著，頭一定要動鴿子才能走路嗎？

# 後記

寫完所有文章之後，我看了一整個寒假的王道少年漫畫。於是現在很想在這裡寫像是由衷感謝您購買及閱讀此書，我不勝感激之類的話，然後還需要加一個星號和一個土下座的插畫小人。

感謝我親愛的爸爸、媽媽、妹妹、我的貓諾貝爾、甲魚、蟲蟲和每一位曾經幫助過我的家人、老師與朋友。我之前一直想拿致謝名單來斂財，說把他們的名字寫上來一個人要給我五千塊，結果截止到現在沒人給我，而且他們每個人都說寧願把他們的名字移除（如果要嚴謹一點的話，諾貝爾是沒說啦）。可惡。我是不會妥協的。

不過直到現在我寫下這些文字的這一刻，我的室友也還在吵架，她們在吵要打電話叫警察來把凌晨一點還不吹頭髮的傢伙抓去關。因為很好笑所以偶爾也要感謝她們，也感謝一直在我耳機裡辛勤耕耘的我的寶寶和我歌單裡每一位歌手，開一首歌就是美好的四五分鐘，沒有他們我應該無法寫任何東西。（然後現在她們又在說我的腳底太黃了，肝一定不好。零分。）

這半年來，我一直活在一種如夢似幻的狀態。寫這些文字的時候，一邊要抵禦身邊非常糟糕（我的室友不打算反駁）的創作環境，一邊在想這些文字都會被印在紙上喔，好酷喔……天吶，簡直就像一腳踩在雲上，結果寫完之後回頭看，才發現自己還是小時候那個看什麼都要問東問西的人……

而且真的到這個時候，我除了謝謝大家以外反而不知道該說什麼才好了。要說該感謝的人太多了，只好謝天嗎……我總是在小事上很倒楣，但大事上很幸運，我知道現在的自己能力還有非常多不足之處，還在跌跌撞撞的模仿與學習，無論是讓一些人認識我的獎項，又或者能夠寫下這些字記錄下我所看到的世界，於我而言都是巨大的僥倖與幸運。我會好好珍惜，永遠記得這些絕非必然的機會，也很感謝聯合文學還有這段時間一直溫柔的陪伴我成長的所有人，謝謝你們讓我見到那麼多我從未見過的、如此美好的景色。希望總有一天我也能夠變成像大家一樣，不會給別人帶來太多麻煩的大人……！

因為我現在肚子好餓，而且莫名其妙很捨不得，好想哭喔，所以我要去吃飯了……最後我想說由衷感謝您購買及閱讀此書，我不勝感激，然後還需要加一個星號和一個土下座的插畫小人！

子新　寫於二〇二五年春

國家圖書館出版品預行編目資料

白腳底黑貓／劉子新著. -- 初版. -- 臺北市：
聯合文學出版社股份有限公司, 2025.05
256面；14.8×21公分. --（聯合文叢：773）
ISBN 978-986-323-681-8（平裝）

863.57　　114004913

聯合文叢 773

白腳底黑貓

作　　者／劉子新
發 行 人／張寶琴

總 編 輯／周昭翡
主　　編／蕭仁豪
資深編輯／林劭璜
編　　輯／劉倍佐
資深美編／戴榮芝
業務部總經理／李文吉
發行助理／詹益炫
財 務 部／趙玉瑩　韋秀英
人事行政組／李懷瑩
版權管理／蕭仁豪

法律顧問／理律法律事務所
陳長文律師、蔣大中律師

出 版 者／聯合文學出版社股份有限公司
地　　址／(110)臺北市基隆路一段178號10樓
電　　話／(02)27666759轉5107
傳　　真／(02)27567914
郵撥帳號／17623526 聯合文學出版社股份有限公司
登 記 證／行政院新聞局局版臺業字第6109號
網　　址／http://unitas.udngroup.com.tw
E-mail:unitas@udngroup.com.tw

印 刷 廠／沐春行銷創意有限公司
總 經 銷／聯合發行股份有限公司
地　　址／(231)新北市新店區寶橋路235巷6弄6號2樓
電　　話／(02)29178022



出版日期／2025年5月　初版
定　　價／380元



ISBN 978-986-323-681-8（平裝）